edition atelier

HANNO MILLESI

Die vier Weltteile

ROMAN

EDITION ATELIER WIEN

Sicher ist jedoch, dass wer durch übertriebene Gründlichkeit der Natur Gewalt antut, seinen Geist zwar schärft, aber allem, was er macht, Leichtigkeit und Anmut raubt;

Giorgio Vasari, *Lebensläufe*

Vornehmen Wächtern vergleichbar flankierten zwei mächtige Türflügel den Übergang von einem Raum in den nächsten, und, als kümmerte sie deren strenges Erscheinungsbild in ihrer Ausgelassenheit kein bisschen, stolperten, tollten und tanzten Konrad und Emily über die von diesen beiden hölzernen Riesen kontrollierte Schwelle, ahnungslos, dass sie damit gut hundert bis hundertfünfzig Jahre hinter sich brachten, über mehrere Grenzen fegten, kulturelle Barrieren in ihrem Gekicher untergehen ließen wie die Regime untergegangen waren, die diese Barrieren hervorgebracht hatten. Verfolgt wurden Konrad und Emily von Iggy, eines seiner dünnen Ärmchen zur Geste eines Anführers all der noch vor ihm liegenden Jahre erhoben, seine widerspenstigen Haare ein fröhliches Chaos, zwei Finger zum Victory-Zeichen ausgestreckt, allerdings verkehrt herum, mit dem Handrücken nach außen, was in den Augen vieler eine obszöne Geste darstellt, wovon andere wiederum, und Iggy – so viel steht für mich fest – unter ihnen, keine Ahnung hatten und haben.

Später, nach der ganzen Geschichte, als diese letzten paar Augenblicke im Zeichen der Unbekümmertheit vor mir abliefen, fiel mir das berüchtigte Bild jener Terroristin aus den 1970er-Jahren dazu ein, die im Anschluss an das Scheitern ihrer Mission, bereits auf der Tragbahre liegend, mit der man sie schwer verletzt abtransportierte, ihren Arm von sich gestreckt hielt, um der Fassungslosigkeit der Welt dieses Symbol des Sieges entgegenzuhalten. Richtig herum, nicht wie Iggy, für viele jedoch zum falschen Zeitpunkt: sich in den Händen jener wissend, die sie sich zu erbitterten Gegnern gemacht hatte, in Anbetracht der von ihr zu verantwortenden Katastrophe, des Leids, der Toten, ihres gerechten Misserfolgs.

Vielleicht bezog sich, habe ich mir damals angesichts der Medienbilder zu unserer Geschichte und im Bewusstsein, dass es sich wahrscheinlich anders verhielt, gedacht, vielleicht bezog sich ihre Geste ja auf den in den Augen so vieler Menschen glücklichen Ausgang dieser Tragödie, für deren Dauer sie in die Rolle einer Schurkin geschlüpft war. Während die Welt aufatmet und sich bestürzt eingestehen muss, dass die Zahl der Toten verhältnismäßig gering ist, wird sie als letzte, als übrig gebliebene Urheberin von der Bühne getragen, der Vorhang über ihren zerschossenen Leib gebreitet, über ihr Gesicht, weil ihr Leben, wie es sich bisher ereignet hat, als verwirkt gelten kann. Und doch lässt sich, was an Menschlichkeit von ihr noch vorhanden ist – dank des brutalen Endes ihrer Mission, endlich befreit –, lässt *sie* es sich nicht nehmen, dem Triumph über das Böse zu applaudieren.

Ehe diese vage gedankliche Assoziation sich wieder in nichts auflöste, tauchte der Apachenhäuptling Winnetou aus den verworrenen Jagdgründen meines frei schwebenden Denkens auf. Am Schluss einer Freiluft-Inszenierung der Geschichte seines Lebens, das mit seinem gewaltsamen Tod endete, erhob er sich vom Boden und winkte einem in Tränen aufgelösten, in der Mehrzahl sehr jungen Publikum zu, wie um darauf hinzuweisen, dass ihn die ganze Zeit über ein Schauspieler verkörpert habe, dem in Wirklichkeit gar nichts passiert sei. Als hätte der Schauspieler angenommen, unsere Tränen gelten ihm! Dabei vergossen wir sie für den legendären Apachen, bei dem es sich – das hatten wir sehr wohl begriffen – um eine erdachte Figur handelte, die gar nicht erschossen werden konnte, es sei denn, um unseren Träumen gewaltsam ein Ende zu bereiten, um uns in unserer noch vagen Vorstellung von der Welt wehzutun. Wir weinten um das Legendäre in uns, ohne eine Ahnung zu haben, worum genau es sich dabei handelte.

Tessa folgte Emily, Konrad und Iggy in einigem Abstand, hatte sie sich doch für ihre eigene Form der Fortbewegung entschieden. Wie ein versponnener Krebs richtete sie jeden ihrer Schritte schräg versetzt zum vorhergehenden aus und versuchte so, auf keine der zwischen den Parketten verlaufenden Fugen zu treten. Mochte die Richtung auch vorgegeben sein – von den vorneweg laufenden Kindern, von den wachsamen Türflügeln, von uns Erwachsenen –, Tessa bestimmte, wie sie die Strecke zu bewältigen gedachte. Während die anderen durch die Epochen sausten, hatte Tessa sich dafür entschieden, Regeln einzuhalten, zu deren Charakteristika es gehörte, herauszufinden, ob sie sich geschickt genug anstellen würde, diese nicht zu übertreten. Wer nicht bereit war, seinen Weg auf die gleiche Art und Weise zu absolvieren wie sie, existierte vorläufig nicht, bewegte sich in einem Raum-Zeit-Kontinuum, das Tessa aus Gründen der Langeweile vorübergehend verlassen hatte.

Den Blick abwechselnd auf die Kinder vor uns und die Wände um uns herum gerichtet, bewunderte ich Tessa dafür, wie spielerisch es ihr gelang, sich in einer ausschließlich ihr selbst vorbehaltenen Dimension zurechtzufinden. Und doch konnte ich es nicht lassen, musste Tessa ermahnen, nicht zu trödeln, es mit den offenbar nur für sie geltenden Anweisungen nicht zu genau zu nehmen und lieber zu den anderen aufzuschließen. Die vorneweg flitzenden Emily und Konrad hatten mich dazu veranlasst, einer von Wandas ungeduldigen Blicken, wahrscheinlicher aber der Neid, weil ich selbst schon seit einer gefühlten Ewigkeit und unwiderruflich von einer Unzahl von Regeln beherrscht wurde, die andere aufgestellt hatten. Weil ich nicht einmal mehr mein Tempo selbst bestimmte, sondern es auf eine ausgelassene Horde wie Emily, Konrad und Iggy abstimmte.

Glücklicherweise hörte Tessa mich nicht. Die bislang noch nicht ausreichend getrübte Ursprünglichkeit ihrer Fantasie bewahrte sie in ihrer Unaufmerksamkeit davor, sich beim Absolvieren des ihr vorgeschriebenen Parcours von einem wie mir ablenken zu lassen. Schließlich waren wir Erwachsene, Wanda und ich, doch gerade aus dem Grund zu zweit, um uns, falls notwendig, aufteilen zu können.

Ehe es Tessa und mir gelang, Wanda und die anderen Kinder zu erreichen – das bevorstehende Überschreiten der Türschwelle schien, wie das Fingerschnippen eines Magiers, sämtliche der für Tessa geltenden Vorschriften außer Kraft zu setzen –, kamen uns Emily, Konrad und Iggy bereits in einer Stimmung, deren Spektrum von purer Ausgelassenheit (Iggy) bis zu echter Verängstigung (Konrad) reichte, entgegen. Wanda folgte ihnen, blieb jedoch im Türrahmen stehen wie ein Schutzengel mit hölzernen, an Scharnieren befestigten Flügeln.

Sie hätten, stammelte Emily, die sich zur Wortführerin erhoben hatte – wahrscheinlich weil Konrad momentan die Worte fehlten und Iggy, das wussten wir alle, allzu sehr zu Übertreibungen neigte –, sie hätten im anderen Saal ein Krokodil gesehen, das, sein Maul sperrangelweit geöffnet, gerade dabei gewesen wäre, aus dem Wasser – ehe sie *Wasser* sagte, blickte Emily fragend zu Wanda, deren bloße Erscheinung die Annahme des Kindes zu bestätigen schien –, aus dem Wasser also, herauszukommen.

Der spielerische Schauer, von dem ergriffen sich die drei Kinder zeigten, eine Spielerei, bei der sich die darin Involvierten der Grenzen zur Ernsthaftigkeit – wie an Konrad zu sehen – nicht vollends bewusst waren, zog Tessa unwiderstehlich an, und sie trat, ohne sich erst von der Quelle dieses Schauers zu überzeugen, zu den restlichen Kindern und begann zu schlottern wie unter der kalten Dusche.

Wanda, nach wie vor im Türstock fixiert wie in einem Bilderahmen, lächelte, erklärte mit diesem Lächeln, was gar nicht hätte erklärt werden müssen, und fügte belehrend hinzu, dass das Krokodil im Fluss Nil zu Hause sei. Außerdem erinnerte sie daran, dass die *anderen* Kinder offenbar keine Angst vor ihm gehabt hatten.

»Die sind auch mit ihm befreundet«, meldete sich Konrad, noch unentschieden, ob er es Emily und Iggy gleichtun sollte, für die aus der Begegnung mit dem Krokodil mittlerweile, wie es schien, ein Anlass zur Begeisterung geworden war, oder ob er doch lieber seinem Drang zu weinen nachgeben sollte. Immerhin hatte er ein Monster gesehen, das sich nicht davon abhalten lassen würde, ihn den ganzen restlichen Tag lang in seinen Gedanken zu verfolgen. Konrads achteckige Brillengläser begannen schon mal anzulaufen. Dabei fürchtete er, schoss es mir unverzüglich durch den Kopf, gar nicht das Krokodil. Konrad bezog das auf ein ganz allgemeines Bild des Schreckens, dem er heute in der Gestalt eines Reptils begegnet war, eines Schreckens, der sich erhoben hatte, aus dem Wasser gekommen war, um von nun an zu seinem ständigen Begleiter zu werden.

Kurz darauf lachten wir alle schon wieder. Wir lachten über die Situation, über Konrad, über die verrückte Idee einer Freundschaft zwischen Kindern und Krokodilen. Wir lachten über Wanda, die nach wie vor im Türrahmen stand, wie in einem Wetterhäuschen, das zwar über zwei Türflügel, aber bloß über ein Symbol, nämlich jenes für Sonnenschein verfügte. Und Konrad lachte mit uns. Er lachte über seine alberne Angst, als wisse er sich in diesem Lachen mit uns anderen vereint, weshalb er mit dem

Schrecken, sollte der sich tatsächlich an seine Fersen geheftet haben, zumindest nicht allein bleiben würde. Und dieses Lachen war, meiner Erinnerung zufolge, das Letzte, was uns verband, ehe sich die Situation gravierend verändern sollte.

Zunächst beschlossen wir umzukehren und unseren Weg in einer anderen Richtung fortzusetzen, vor allem um Konrad eine weitere Begegnung mit dem Krokodil zu ersparen. Seinem Verständnis nach wäre es die erste Begegnung im Anschluss an die vorangegangene erste gewesen. Die erste absichtliche, ungeachtet seines Wunsches, die vorherige erste gleichzeitig die letzte gewesen sein zu lassen. Tessa legte keinen Wert darauf, das Krokodil mit eigenen Augen zu sehen, nicht nach dem erlösenden gemeinsamen Bibbern, dem sie sich zuvor angeschlossen hatte, nicht angesichts des Rückwegs, der ihr erneut die Verstrickung in ein von ihr selbst ersonnenes Regelwerk in Aussicht stellte. Einen Moment lang hatte ich den Eindruck, Tessa angesichts des riesigen vor ihr ausgebreiteten Netzes aus Parketten und Fugen, Horizontalen und Diagonalen leise seufzen zu hören. Ein Seufzen, das jeglichem auf ihr Vorhaben bezogenen Zweifel Gelegenheit gab, ihren kleinen Körper zu verlassen, wie über jene gelben, aufblasbaren Notfallrutschen, die Passagieren eines in Schwierigkeiten geratenen Flugzeugs zur Verfügung stehen. Die fugenlose Form der Fortbewegung hatte sich bewehrt, schließlich war Tessa auf diese Weise die Konfrontation mit einem furchterregenden Wesen erspart geblieben.

Als unsere Karawane – mir kam vor, in ihr fänden sich sämtliche Varianten des Menschseins und Menschwerdens vereint – sich wieder der Richtung zuwandte, aus der wir gekommen waren, stellte sich uns ein Aufseher in den Weg, dem wir bereits zuvor begegnet waren (Tessa: »Das war in dem Raum mit dem Einhorn auf einem Bild«). Ich hatte ihn mir gemerkt, weil er, während wir durch den ihm zugeteilten Saal geschlendert waren, den Eindruck erweckt hatte, jeden unserer Schritte mit Argwohn zu verfolgen. Als hätten wir unaufgefordert einen seiner Privaträume betreten. Jeder einzelne Blick, den wir auf eines der Bilder an den Wänden richteten, zehrte merkbar an seinem Nervenkostüm, als bedienten wir uns an ohnehin knapp bemessenen Vorräten, die ausschließlich ihm zustünden. Als verfüge, was von uns angeschaut wurde, danach geraume Zeit nicht mehr über jenen Glanz, den es in den Augen würdigerer Betrachter üblicherweise zu entfalten vermochte (»Wann spielt das, wenn darin Einhörner vorkommen?«).

Diesmal bemühte sich der Aufseher um keinerlei feindseligen Eindruck. Er wirkte überfordert und gleichzeitig gefasst. Vor uns stand ein Mann, entschlossen, die Fassung zu verlieren, von der Uniform eines Aufsehers daran gehindert und stattdessen dazu gedrängt, sämtliche für einen Ausnahmefall vorgesehenen Maßnahmen zu ergreifen. Ein Ohr an sein Funkgerät gepresst, murmelte er uns, wie beiläufig, etwas von *technischen Problemen* zu. Sein Murmeln hörte sich jedoch wie eines jener harmlosen Geräusche an, mit denen sich ernstzunehmende Gefahren nur allzu oft ankündigen. Die Schirmkappe seiner Uniform hatte sich der Aufseher vorsichtshalber schon mal in die Stirn geschoben. Ein unmissverständlicher Hinweis darauf, dass hier etwas kurz davor stand, außer Kontrolle zu geraten.

Wurde einem die Verantwortung für einen Haufen Kinder übertragen, oder hat man sich gar selbst darum bemüht, eine solche Verantwortung übernehmen zu dürfen, kostet es weit weniger Überwindung, den Anweisungen anderer, mitunter auch solcher, die einem eben noch misstrauisch gegenübergestanden sind, kommentarlos Folge zu leisten. In gewisser Weise ist es das, was man sich – ohne das je auszusprechen – gelegentlich auch für die

Kommunikation zwischen sich und den Kindern, für die man verantwortlich ist, wünscht.

»Was ist ein technisches Problem?«, wollte Emily wissen, und während ich noch schmunzelnd mit dem Gedanken beschäftigt war, dass, was immer da passiert sein mochte, uns dem Krokodil geradezu in den Rachen trieb, kam mir Konrad zuvor.

»Ich war schon im Technischen Museum.«

Seine Antwort schien Emily zu genügen.

»Dann kann ich wenigstens das Krokodil sehen«, sagte ich, und mich an Konrad wendend: »Wer von euch möchte es mir denn zeigen?«

Erleichtert, nicht näher auf die Sache mit dem Museum für technische Probleme eingehen zu müssen, fiel Konrad auf meinen Trick herein und entgegnete, mich bei der Hand nehmend: »Ich zeig's dir.«

Ein kurzer Blickwechsel zwischen Wanda und mir reichte aus, um darin übereinzukommen, dass vorläufig keinerlei Notwendigkeit bestünde, vor den Kindern näher auf die Probleme einzugehen. Ich las das in Wandas Mienenspiel und hatte gleichzeitig den Eindruck, Wanda finde in meinem Gesichtsausdruck die Bestätigung einer solchen Einschätzung ihrerseits. Beeindruckt, wie problemlos ein einziger Nachmittag mit den Kindern ein funktionierendes Team aus uns geformt hatte, dessen Mitglieder ohne Worte miteinander auskamen, übersahen Wanda und ich, dass wir unseren Gesichtern etwas ablasen, das gar nicht in diesen geschrieben stand. Wir bestätigten jeweils den anderen, weil wir selbst Ausschau nach Zustimmung hielten, darauf vertrauend, einer von uns beiden wisse mit Sicherheit, wie es sich in einer solchen Situation zu verhalten gelte.

»Die vier Weltteile«, sagte Wanda.

»Wer hat das gemalt?«, fragte Emily.

»Ein Maler«, antwortete Iggy, während ich noch zu Wanda hinüberschaute, und spätestens da hätte mir auffallen müssen, dass es nichts als ein Ausdruck ihrer Orientierungslosigkeit gewesen war, was ich leichthin für Bestätigung gehalten hatte. Zumindest aber hätte Wanda merken müssen, dass etwas an mir den Anschein von Zustimmung bei ihr erweckt hatte, das sich besser als Hilferuf zu erkennen gegeben hätte, schließlich sahen wir uns angesichts Emilys Frage und Iggys Antwort vergleichbar zurückhaltend an wie gerade eben, hatten wir doch beide keine Ahnung, wie der Name des Malers der *Vier Weltteile* lautete. Anstatt die vorangegangene Übereinstimmung als Missverständnis zu entlarven, las Wanda seinen Namen von dem Täfelchen mit der Bildbeschreibung ab.

»Peter Paul Rubens.«

»Peter oder Paul«, fragte Iggy und lachte. Emily begann ebenfalls zu lachen, und auch Konrad lachte, ich glaube jedoch, ohne verstanden zu haben, was Iggy zu seiner Frage bewogen haben mochte. Konrad lachte, weil er es angesichts des Krokodils für besser hielt, die anderen Kinder erneut in die von ihnen gewählte Stimmungslage zu begleiten.

»Peter und Paul«, versuchte es Wanda, während ich immer mehr den Eindruck gewann, Konrad lache aus gutem Grund. In gewisser Weise richtete sich die Bedrohung, die von dem Gemälde ausging, an all jene Kinder, die eine Bedrohung darin erkannten – also an Konrad –, wie sie auch auf dem Gemälde niemand anderem als Kindern galt.

Der sich anbahnende Konflikt zwischen einem Krokodil und einer Tigerin – mit kampfbereiter Miene beugte sie sich schützend über ihren Nachwuchs – beherrschte die gesamte untere Zone der Bildfläche, und damit diejenige, die Kinder am besten einsehen konnten. Hinzu kam, dass es sich bei diesem Abschnitt des Geschehens um den einzigen aufsehenerregenden auf der gesamten Bildfläche handelte.

Neben den Jungen der Tigerin, die, sich an den Zitzen ihrer Mutter labend oder mit trotzigen Mienen in den Gesichtchen schlafend, nichts von der sich anbahnenden Gefahr mitbekamen, kümmerten sich drei menschliche Kinder um das furchteinflößende Reptil. Mittels Liebkosungen und spielerischen Anweisungen schienen sie es von seinem abscheulichen Vorhaben, die Tigerjungen zu verspeisen, abhalten zu wollen, wobei sie allerdings nicht gleichermaßen konzentriert bei der Sache waren. Eines der Kinder lächelte aus dem Bild heraus den vor dem Gemälde stehenden Kindern zu, als bemühe es sich mit seiner Fröhlichkeit – nicht gerade erfolgreich – zu versichern, dass es sich im Grunde nur um ein Spiel handle. Ich musste an den Darsteller des Apachenhäuptlings denken. Krokodil und Tigerin hingegen hatten sich über sämtliche Gattungen hinweg als Erwachsene erkannt, und was immer die auf ein friedlich verspieltes Miteinander abzielenden Menschenkinder vorhatten, die beiden ausgewachsenen Tiere würden sich aller Wahrscheinlichkeit nach darüber hinwegsetzen. Dachten die Kinder allen Ernstes, sie könnten das Krokodil von einem Konflikt mit der Tigerin abhalten?

Andererseits hatten die Kinder auf dem Bild zumindest erkannt, dass man sich einer Bedrohung, die unaufhaltsam näher rückt, in den Weg stellen müsse, anstatt Bestätigungen in Gesichtern zu lesen, in denen gar keine Bestätigung ihren Niederschlag gefunden hat.

Wanda und ich verhielten uns eher wie die menschlichen Erwachsenen auf dem Gemälde der *Vier Weltteile*. Diese nahmen zwar gut drei Viertel der Leinwand ein, waren allerdings ausschließlich miteinander beschäftigt oder hingen irgendwelchen Gedanken nach, starrten vor sich ins Leere.

»Die vier damals bekannten Weltgegenden und die jeweils wichtigsten Flüsse«, klärte uns Wanda auf, aber das schien im Augenblick niemanden zu interessieren. Mich interessierte es nicht, denn von der Kontroverse, die sich zu ihren Füßen zwischen zwei ihrer Schoßtierchen anbahnte und versprach, ihren eigenen Nachwuchs in Gefahr zu bringen, schienen diese Menschen von Welt nichts zu bemerken. Vier erwachsene Männer mit gepflegtem, wallendem Haar und modischen Rauschebärten sowie vier junge Damen, allesamt leicht bekleidet, zwei von ihnen auf umgestürzte Krüge gelehnt (Iggy: »Die haben sie aber selbst umgeschmissen«, Wanda, deren Hilflosigkeit sich einmal mehr in ihrer Informiertheit bemerkbar machte: »Vielleicht sollen die Krüge auf die Flüsse hinweisen«).

Eine dunkelhäutige Frau, deren Gesicht sich ziemlich genau im Mittelpunkt des Bildes befand, hatte sich von den anderen abgewandt und blickte, im Schatten der Szenerie schwerer auszumachen als der Rest, aus dem Gemälde heraus, durchbrach also zumindest an einer Stelle die Runde des Desinteresses.

»Warum schaut uns die dunkelhäutige Frau an?«, wollte Emily wissen, und Iggy – schlagfertig wie es seine Art war – antwortete ihr.

»Sie schaut gar nicht uns an, sondern jeden, der das Bild betrachtet.«

»Wahrscheinlich ist das Afrika«, versuchte es Wanda, während ich nach wie vor leise Wut empfand, weil die ignoranten Erwachsenen ihre Kinder und Tiere einem kurz bevorstehenden Gewaltakt überließen und diese Vernachlässigung ihrer Aufsichtspflicht mit klugen Sprüchen (Mein Gott, Wanda!) wettzumachen versuchten.

»Wieso sollte sie Afrika sein?«

Mir ging es im Augenblick nur darum, Wandas Besserwisserei zu torpedieren.

»Na ja, wenn ich an *Vier Weltteile* denke, unter denen sich zweifellos auch Afrika befindet, dann ist diese Frau die einzige, von der ich weiß, wo sie hingehört«, antwortete Wanda, ein pfiffiges Grinsen auf ihren Lippen, als spielten wir das alles den Kindern im Rahmen eines Bildungsprogramms bloß vor.

»Liegt darin irgendein Vorteil?«

Ich hätte das selbst nicht zu beantworten gewusst.

»Kyra sieht ebenfalls so aus, und die wohnt nicht in Afrika, sondern auf Stiege 5«, steuerte die tapfere Emily bei – nicht unbedingt um sich damit auf meine Seite zu schlagen, obwohl ich das in diesem Moment gerne geglaubt hätte.

»Ja, natürlich, ich meine ja auch …«

Allmählich dämmerte Wanda, wohin sie ihre Schlauheit gebracht hatte. »Du«, stammelte sie, an Emily gewandt, »sprichst da jetzt von …«

Wanda war endgültig in der Ahnungslosigkeit angekommen.

»Vielleicht ist es auch Stiege 6.«

»Weißt du… damals kannte man die Welt … noch nicht so …«

»Zwischen Stiege 5 und Stiege 6 befindet sich nämlich der Lift, deswegen sind die leicht zu verwechseln.«

Man hätte den Eindruck gewinnen können, das Kind – Emily – spüre, dass sich die Erwachsene – Wanda – selbst in Bedrängnis gebracht hatte, und versuche sie davor zu bewahren, noch tiefer hineinzugeraten, was unweigerlich geschehen würde, würde das Kind der Erwachsenen einfach nur zuhören.

»Ich kann mich noch an die Irmi aus dem Zwergengarten erinnern.«

Das kam von Tessa, die abrupt aufgehört hatte, darauf zu achten, ausschließlich auf die Parketten zu treten, als hätte jemand einen Schalter umgelegt und damit sämtliche Markierungen auf dem von Tessa imaginierten Spielfeld zum Erlöschen gebracht. Mir fiel ein, dass Tessa sich der Erlösung eines gemeinsamen Schauderns hingegeben hatte, noch bevor sie das Krokodil gesehen hatte.

»Der Ali sieht auch so aus«, sagte Konrad. Der Anblick des Krokodils schien ihm nichts mehr auszumachen.

»Und auf welchem Bild kann man den Ali sehen?«, wollte Iggy wissen.

»In der Pizzeria Roma«, beeilte sich Konrad, stolz, diesmal sogar eine Folgefrage beantwortet zu haben.

»Ist das ebenfalls woanders auf der Welt?«

Das war wieder Iggy, beim Versuch, sich mit dem jüngeren Konrad seinen Spaß zu machen.

»Klar, die Pizzas kommen aus einem anderen Land,« antwortete Konrad voller Begeisterung, weil er sogar einer dritten Prüfung standhielt.

Iggy: »Sind das Menschen?«

Ich: »Menschen aus Afrika?«

Die kluge Wanda: »Aber das ist doch eine Stadt.«

Mehr oder weniger wir alle: »Pizza?«

»Roma.«

Wanda war gerade mitsamt ihrem Wissen der herrlichsten Missverständlichkeit auf den Leim gegangen, als eine Frau den Saal mit den *Vier Weltteilen* betrat, der – ohne dass einem von uns Betrachtern klar gewesen wäre, woran nun genau – eine viel tiefer sitzende Verwirrung anzusehen war. Ich sah ihr diese Verwirrung an, Wanda sah sie und erkannte darin wohl eine Möglichkeit, den Holzweg, auf den sie sich begeben hatte, gleich wieder zu verlassen. Emily sah die Verwirrung der vielleicht vierzigjährigen, vielleicht aber auch schon älteren Frau – das ließ sich nicht so genau sagen, als wäre selbst ihr Alter durcheinandergeraten. Natürlich wusste Emily nicht, was sie der Frau da ansah. Konrad sah die

Verwirrung, Tessa sah sie und Iggy, dem, stellvertretend für alle Kinder, am ehesten zuzutrauen war, eine Ahnung davon zu haben, dass das, was die Frau verwirrte, sie von den Erwachsenen abrücken ließ und den Kindern ein Stückchen näher brachte. Einige Haarsträhnen hatten sich aus ihrer üblicherweise – da gab es gar keinen Zweifel – perfekt sitzenden Frisur gelöst und baumelten ihr wie lose Kabel in die Stirn. Etwas Farbe war aus dem Verlauf einer Augenbraue ausgebrochen und ließ mich, ganz im Bann der Kinder, daran denken, dass die verwirrte Frau vielleicht ebenso nur hierhergemalt war wie die Figuren auf den Gemälden. Ihre Handtasche hing eher an ihrer Hand als dass sie von dieser gehalten wurde und stand überdies offen, als wolle sie etwas sagen, was die verwirrte Frau, an der die Tasche hing, zu sagen nicht imstande war. Deutlicher als an diesen zugegebenermaßen geringfügigen Mängeln ihrer äußeren Erscheinung war der Frau die Verwirrung an ihren Blicken abzulesen. Anscheinend ziellos sandte sie diese aus, als weise der Raum, in dem sie sich zu befinden glaubte, eine ganz andere Struktur auf als der Schausaal mit den *Vier Weltteilen*, in den sie sich verirrt hatte. Vielleicht, dachte ich, in diesem Moment wieder erwachsen geworden, hielt sie sich im Geiste noch in jenem Raum auf, in dem sie von der Verwirrung erfasst worden war. Instinktiv musste ich an die *technischen Probleme* denken und daran, dass wir möglicherweise ebenso verwirrt wären, hätten wir gesehen, was diese Frau gesehen hatte.

Keiner von uns interessierte sich noch für die *Vier Weltteile*, fasziniert schauten wir auf die mal hierhin, mal dorthin ausscherenden Schritte der verwirrten Frau, die den Anschein erweckten, sie wolle gleichzeitig in verschiedene Richtungen gehen. Während sie auf uns zusteuerte, trieb etwas sie von uns weg, und obwohl uns einige ihrer Blicke erreichten, hatte ich den Eindruck, sie sehe durch uns hindurch. Als Wanda ihr einen Schritt entgegenkam, blieb die Frau stehen und sagte etwas von einem *Anschlag*, einem *Attentat*, richtete ihre Worte allerdings eher an die Figuren auf den *Vier Weltteilen* als an einen von uns, vielleicht weil etwas ihr durch ihre Verwirrung hindurch riet, sich Kindern gegenüber in Zurückhaltung zu üben. Auf den *Vier Weltteilen* tummelten sich zwar ebenfalls Kinder, allerdings bestanden die nur aus Pinselstrichen.

Zu diesem Zeitpunkt hatte keiner von uns eine Ahnung, dass kurz zuvor im Foyer des Museums, gerade mal ein Stockwerk unter uns, ein bewaffneter Kampf stattgefunden hatte, aus dem zwei Menschen schwer verletzt hervorgegangen waren.

Als wir der Frau vor dem Gemälde mit den *Vier Weltteilen* begegneten, dürfte dieses Ereignis kaum mehr als ein paar Minuten alt gewesen sein, weshalb es bisher nur gerüchtehalber, zaghaft als technisches Problem verkleidet, bei uns hier oben angekommen war. Später sollte offiziell verlautbart werden, dass ein Mann mit einem Messer – einige würden behaupten, einen orientalischen Dolch erkannt zu haben – auf einen mit dem Schutz des Museums beauftragten Polizeibeamten losgegangen wäre, nachdem dieser darauf bestanden hätte, einen Blick in den Rucksack des Mannes zu werfen. Ein zweiter Polizist hätte daraufhin auf den Angreifer geschossen und ihn an drei Stellen seines Körpers (darunter, als schwerste Verwundung, in den Bauch) getroffen. Der Beamte, den der Attentäter angegriffen hatte, trug mehrere Stichverletzungen davon, in denen ein hinzugezogener Psychologe später die Handschrift der *Ziellosigkeit eines in Panik geratenen Menschen* wiedererkennen sollte.

Ungeachtet der Tatsache, dass wir uns die ganze Zeit über in jenem Gebäude befunden hatten, in dem diese Ereignisse stattfanden, erfuhren wir, nicht anders als die

Mehrheit der Bevölkerung, erst im Nachhinein aus den Zeitungen und in Nachrichtensendungen Genaueres darüber, so zum Beispiel, dass der Mann bis zu seiner brutalen Attacke nicht den geringsten Anlass zu einer Verdächtigung gegeben hätte. Einem pensionierten Lehrer, der in unmittelbarer Nähe des Ticketschalters eine Zeit lang neben ihm verbracht haben wollte (»Mich interessieren Menschen nun mal mehr als Bilder«), waren keinerlei Anzeichen einer bevorstehenden Eskalation aufgefallen (»Er sah aus wie jemand, der eine strapaziöse Reise hinter sich gebracht hat, um die Kunstwerke in diesem Museum zu sehen«). Keine Spur von Nervosität oder gar einer unterdrückten Wut, wie sie Gewalttätern laut Psychologen unmittelbar vor einer Aggression mitunter anzusehen sind. Wenn überhaupt etwas, würde der pensionierte Lehrer später einem Reporter gegenüber zugeben, dann habe er eine gewisse Traurigkeit an dem Mann festgestellt. Am Tag nach den Ereignissen sollte die Ticketverkäuferin mit ähnlichen Worten zitiert werden. Sie habe den Eindruck gehabt, in den Augen des Mannes die Traurigkeit einer ganzen Nation erblickt zu haben, was ein Boulevardblatt übrigens zum Anlass nehmen sollte, der Angestellten des Museums – anders als dem pensionierten Lehrer – ein Naheverhältnis zu jener Ideologie zu unterstellen, die den Mann, seiner eigenen, späteren Aussage zufolge, zumindest indirekt dazu gebracht hatte, auf die Sicherheitskraft loszugehen.

Damals – da bin ich mir hundertprozentig sicher – hatte die verwirrte Frau, die angesichts der *Vier Weltteile* etwas von einem Attentat stammelte, keine Ahnung, was wirklich im Foyer des Museums vor sich ging oder soeben vor sich gegangen war. Nicht einmal der Aufseher war informiert worden. Seine Vorgesetzten hatten ihn mit dem Hinweis auf ein technisches Problem abgespeist, weshalb seine Aufgabe, genauso wie die seiner Kollegen, darin bestand, sämtliche Ein- und Ausgänge der Schausäle im oberen Stockwerk abzuriegeln und die Museumsbesucher um Geduld zu bitten. Zwischen Wanda und mir verursachte der Hinweis auf einen Anschlag, mochte er auch einer wirren Ahnung entsprungen sein, dennoch ein betretenes Schweigen, dem sich, als fänden sie das zur Abwechslung ganz lustig, auch die Kinder anschlossen. Zumindest so lange, bis Konrad, der, von uns unbemerkt, in den nächsten Saal voraus gelaufen war, im Türrahmen erschien.

»Das müsst ihr euch unbedingt ansehen, das bricht jeden Moment in sich zusammen.«

Erschrocken blickten wir – ich jedenfalls – zu ihm hin, und kurz meinte ich, in Konrads so unerwartet auftauchendem Gesicht, einer grauen Haarsträhne auf einem Kinderkopf vergleichbar, die Zukunft auf uns zurückblicken zu sehen.

Unverzüglich setzten wir uns in Bewegung, diesmal ich voran, vor Schreck ganz bleich – ich glaube, ich sah mein bleiches Gesicht während der paar Schritte in den anderen Saal vor mir wie morgens nach einer durchwachten Nacht in meinem Badezimmerspiegel –, dahinter Iggy johlend, als wäre er nach dem Schweigen, das er, ohne so recht zu wissen warum, mit den anderen geteilt hatte, der Stille doppelt so viel schuldig, und Emily, die Tessa bei der Hand genommen hatte, damit Tessa gar nicht erst auf die Idee komme, dem, was Konrad uns zeigen wollte, durch ihre umständliche Art der Fortbewegung etwas von seiner dramatischen Wirkung zu nehmen. Wanda bildete diesmal die Nachhut, als wäre, was sie da drüben zu sehen befürchtete, so lange nicht weiter schlimm, bis jemand sie dazu brächte, es sich anzuschauen. Obwohl selbst beinahe schon im anderen Saal musste ich bei Wandas Geziertheit an Konrad und das Krokodil denken. Wie sich herausstellen sollte, bildete Wanda übrigens gar nicht die Nachhut, das tat die verwirrte Frau. Als hätte die Dynamik unseres Aufbruchs ihren vom Weg abgekommenen Schritten eine neue Orientierung gegeben, schloss sie sich uns unaufgefordert an.

Konrad erwartete uns im benachbarten Saal wie an den Gestaden eines soeben von ihm entdeckten Eilands, und ich muss gestehen, dass ich ihn noch nie zuvor mit annähernd so stolzem Ausdruck in seinen Augen hinter den Brillengläsern gesehen hatte. Die Besorgnis, mit der er eben noch aus dem Saal, in den er als erster aus unserer Gruppe vorgedrungen war, herübergeschaut hatte, war jeder Menge triumphaler Euphorie gewichen.

»Der ist schon kaputt, ehe sie ihn fertig gebaut haben.«

Konrad zeigte auf ein Gemälde, das den *Turmbau zu Babel* darstellte und mir, da es zu den berühmtesten der Sammlung dieses Museums gehörte, recht gut bekannt war.

Ein monströses Bauwerk schraubte sich schwerfällig in die Höhe, schien an manchen Stellen bereits vollendet, während woanders noch der Felsen zu erkennen war, aus dem nicht nur die Grundstruktur der Architektur, sondern auch das Material der Ziegel für ihre Verfeinerung gehauen wurden. Die Arbeit schien sich auf verschiedene Baustellen verteilt zu haben, die unabhängig voneinander ihr Soll zu erfüllen trachteten. Der Turm, den man in unmittelbarer Nähe eines Gewässers errichtete, wirkte nicht nur schief, sondern – wie Konrad treffend bemerkt hatte – bereits bei seiner Entstehung von seinem Verfall gekennzeichnet. In der obersten Etage, mit welcher der Turm die Höhe der Wolken erreicht hatte, schälte sich allem Anschein nach noch ein weiteres Gebäude aus seinem Inneren. Seine innere Struktur wiederum, in das die unvollständige Ummantelung zahlreiche Einblicke gewährte, mutete unüberschaubar an. Obgleich die Bautätigkeit auf dem Gemälde zum

Stillstand gekommen war, meinte man zu begreifen, dass jedes Stück Fassade, das geschlossen wurde, woanders unweigerlich eine Lücke verursachen würde.

»Der Turmbau zu Babel«, sagte ich mit einer gewissen Erleichterung in der Stimme, weil Konrad das Bild gemeint hatte und nicht etwa einen im Zusammenbruch begriffenen Flügel jenes Gebäudes, in dem wir offenbar vorläufig festsaßen.

»Das nenne ich technische Probleme«, meinte Iggy, bei dem die detailliert geschilderte Baufälligkeit erneut ein Gefühl von Ausgelassenheit hervorzurufen schien. Vielleicht, dachte ich mir, ehe ich dazu ansetzte, ein paar Worte über die Legende hinter dem abgebildeten Bauwerk zu sagen, vielleicht weil hier etwas aus der ihm, Iggy, zugeschriebenen Welt des Chaos, der Unordnung und Unaufgeräumtheit, des Nichtbeachtens von Regeln und Außer-Acht-Lassens von Pflichten in einem Bild thematisiert wurde, dem Erwachsene ihre Bewunderung zollten. Für Iggy war eine solche Darstellung des Misslingens offenbar mit einer gewissen Hoffnung verbunden, dass auch für einen wie ihn, der wesentlich häufiger gemaßregelt als gelobt wurde, die Chance bestünde, einmal etwas Eindrucksvolles zustande zu bringen.

Nachdem alle, inklusive der verwirrten Frau, vor dem *Turmbau zu Babel* angekommen waren, erklärte ich den Kindern, was sie hier sahen.

»Mit diesem Turm, der bis in den Himmel reichen sollte, versuchten die Menschen es mit Gott aufzunehmen.«

»Wollten sie ihn besuchen?«, fragte Emily.

»Nicht unbedingt, sie wollten ihm zeigen, dass sie zu ebenso beachtenswerten Leistungen imstande sind wie er.«

Wandas Blick verriet mir, sofern ich ihn diesmal richtig deutete, dass sie es für keine gute Idee hielt, die Kinder ausgerechnet mit der Geschichte vom *Turmbau zu Babel* von der Frage nach dem technischen Problem und dem Auftauchen der verwirrten Frau und ihrem Gefasel abzulenken.

»Sind die Menschen jetzt wie er?«

Schwer zu sagen, ob Emily diese zweite Frage aus ehrlichem Interesse stellte oder weil ihr kindliches Gemüt sich daran gewöhnt hatte, Erwachsene um eine Fortsetzung ihrer Ausführungen zu bitten.

»Das weiß ich nicht. Über den Versuch, einen solchen Turm zu bauen, war Gott jedenfalls alles andere als erfreut. Er bestrafte die Menschen, indem er sie zwang, fortan verschiedene Sprachen zu sprechen und sich über die ganze Welt zu verteilen.«

»Blabla.«

Das kam von Iggy und drückte nicht so sehr seine Enttäuschung darüber aus, dass etwas, das gerade noch imstande war, ihn zu begeistern, einmal mehr mit einer Bestrafung geendet hatte, sondern sollte wohl eine Kostprobe jener durch Dreistigkeit erreichten Vielfalt der Ausdrucksweise abgeben.

Wandas Miene hingegen war für mich unleserlich geworden. Mit Blicken versuchte ich in Erfahrung zu bringen, ob sie mir etwas mitzuteilen habe, das nicht für die Kinder und eventuell auch nicht für die verwirrte Frau bestimmt sei. Wanda jedoch antwortete so, dass alle es hören konnten.

»Ich kenne zu diesem Bild eine ganz andere Geschichte. Meiner Version zufolge sollte der Turm in den Himmel reichen, um einem, dem einen Gott die Möglichkeit zu geben, auf die Erde herunterzusteigen.«

Davon hatte ich noch nie etwas gehört. Wandas Besserwisserei hatte meine Geduld allerdings zuvor schon auf eine harte Probe gestellt.

»Dann setzte es die Strafe wohl dafür, überhaupt einen Gott auf diese Art und Weise zu verehren.«

Wanda senkte ihren Blick, als hätte sie sich zwar damit abgefunden, aus Gründen der Ablenkung vor den Kindern über derartige Belange mit mir zu sprechen, lehne es jedoch ab, über einen damit verbundenen Inhalt zu debattieren.

»Im Vordergrund sucht der König die einzelnen Steine aus.«

Wie ein erfahrener Moderator hatte Emily begriffen, dass dies der richtige Zeitpunkt für eine Neuausrichtung der Thematik war. Ihre Worte bezogen sich auf eine eindeutig als Herrscher zu identifizierende Figur, vor der Arbeiter, die offenbar damit beschäftigt waren, Steinblöcke für den Bau vorzubereiten, auf die Knie gefallen waren.

»Oder das ist Gott, der ihnen erklärt, dass sie damit aufhören sollen.«

Tessa wurde von Emily immer noch an der Hand gehalten, weshalb sie sich möglicherweise aufgefordert fühlte, ihrem Vorschlag einen eigenen hinzuzufügen.

Wanda hatte sich indes dem Durchgang zum benachbarten Schausaal zugewandt, durch den soeben drei Personen, ein Mann, eine Frau und ein Kind – das Kind etwa acht oder neun Jahre alt – den Raum mit dem *Turmbau zu Babel* betreten hatten. Von einer Besorgnis aufgrund der kolportierten Unregelmäßigkeiten, der sogenannten technischen Probleme, war den dreien nicht das Geringste anzumerken. Ehrfurchtsvoll schritten sie, spärlich gefüllte Rucksäcke auf ihren Rücken, durch den Saal voll hochkarätiger Gemälde, wie demütige Studienanfänger über den steinernen Boden der gigantischen Kathedrale abendländischer Bildung tapsen. Wie die Figuren auf dem *Turmbau zu Babel*, fiel mir ein, und ich wünschte mir, einen Moment lang ein Kind zu sein, dem niemand eine solche Bemerkung übel nehmen würde.

Vielleicht wussten die drei bereits mehr als wir und verhielten sich, solange noch nichts über eine konkrete Bedrohung bekannt gegeben wurde, einfach nur so, wie man es von ihnen erwartete.

Als Konrad und Iggy mich aufforderten, sie gedanklich in das links von dem Turm detailreich dargestellte Städtchen sowie in die Hafenanlage rechts, in der man Schiffe an- und ablegen sehen konnte, zu begleiten, wurde mir neuerlich bewusst, dass vorläufig kein Mensch aus dem Bereich des Gebäudes, in dem wir uns befanden, herauskommen konnte. Bisher war zwar noch niemand mit Gewalt daran gehindert worden, aber das lag nur daran, dass sich in unserer Gegenwart noch keiner über diese Anweisung hinweggesetzt hatte. Ob die dreiköpfige Familie froh darüber war, sich unter diesen Umständen der Malerei widmen zu können, ohne von jemandem dabei gestört zu werden? Wanda hatte sich ihnen inzwischen wie zufällig genähert, sich dabei jedoch so ungeschickt angestellt, dass selbst mir das nicht entgangen war, obwohl ich mich in Konrads Gesellschaft in einer mittelalterlichen Stadt herumtrieb und gleichzeitig mit Iggy in See stach. Die beiden Buben wollten einfach nur weg, von dem Turm, aus dem Museum, ob nun durch enges Gassengewirr oder zu Wasser. Vielleicht ahnte ihr kindlicher Instinkt inzwischen, dass eine Bedrohung aufgetaucht war, angesichts der selbst wir Erwachsene nicht weiterwussten. Aus diesem Grund liefen sie vorerst auch nicht einfach in den nächsten Saal voraus, sondern probierten es mit einem Schritt in die vor ihnen ausgebreitete Bildlandschaft, die erkennen ließ, dass sie sich seit sehr langer Zeit nicht verändert hatte. Einzig Iggy traute ich zu, die Zwangslage, in der wir uns befanden, in Hinblick auf ihr Potenzial als Abenteuer zu betrachten, ähnlich wie ich das ungerechtfertigterweise dem Pärchen mit ihrem Kind angedichtet hatte.

Als Wanda ein paar Worte an die beiden Erwachsenen richtete, lächelten diese nur, nickten mit den Köpfen – synchron wie zwei Besucher eines Rockkonzerts – und deuteten auf das Schildchen, auf dem ein paar Informationen zu Pieter Bruegels Bild, dem *Turmbau zu Babel*, vermerkt waren. Offenbar konnten sie kein Wort von dem, was Wanda zu ihnen gesagt hatte, verstehen. Gäste aus einem anderen Land, die wohl auch dem Gemurmel des Aufsehers keine besondere Bedeutung beigemessen hatten. Touristen, die, seit sie heute Morgen von ihrer Pension aufgebrochen waren, noch keinen Grund gesehen hatten, sich in dem, was für diesen Tag auf ihrem Programm stand, beeinträchtigen zu lassen. In ihrer Herberge befand sich wahrscheinlich auch der restliche Inhalt ihrer Rucksäcke.

Wanda nahm, ihre Lippen zum Zeichen des Wohlwollens trotz allem aufeinandergepresst, von einem erneuten Versuch Abstand, und während Iggy den Plan schmiedete, fortan auf einem der Schiffe, das er auf den Namen *Blabla* taufen wollte, von der Piraterie zu leben, fragte ich mich, ob es nicht unsere Pflicht sei, die drei ahnungslosen Touristen über allfällige Sprachbarrieren hinweg auf den neuesten Stand zu bringen. Oder würden wir in diesem Fall etwa so auf sie wirken wie die verwirrte Frau kurz zuvor auf uns? Mein eben erst aufgeflammter Groll auf Wanda, weil diese beim leisesten Anzeichen von Schwierigkeiten, ein gegenseitiges Verstehen betreffend, unverzüglich zurückgewichen war wie eine Katze vor dem geringsten Luftzug, erlosch gleich wieder bei dem Gedanken, wir würden die ganz der Malerei hingegebenen Reisenden wohl nur unnötig aufschrecken. Vielleicht waren sie, unseren beiden Buben vergleichbar, in gemalten Versionen der Welt vorläufig ohnedies besser aufgehoben, und ihr Hinweis auf die Informationen zu dem Bild sollte uns auffordern, sie in die Malerei zu begleiten, wo wir alle uns, ungeachtet unserer jeweiligen Mundart, untereinander verständigen könnten.

Andächtig traten die Touristen vor den *Turmbau*, vor dem auch die kurz zuvor noch reichlich verwirrte Frau stand. Während der letzten in unserer Gesellschaft verbrachten Minuten schien sie sich einigermaßen beruhigt zu haben. Anstatt uns von ihr aufscheuchen zu lassen, war es uns offenbar gelungen, sie einigermaßen zur Räson zu bringen. Beinahe gelassen wandte sie sich jetzt dem Familienvater zu und nannte ihn einen Märtyrer. Zumindest sprach sie dieses Wort aus und starrte den Mann, bei dem sie damit ein interessiertes Stirnrunzeln auslöste, an, vielleicht ja, weil Wanda und ich uns ihren vorangegangenen Warnungen gegenüber nicht im gewünschten Maße empfänglich gezeigt hatten. Das Wort Märtyrer hatte also nicht unbedingt etwas von einer Anschuldigung, eher von einem Hinweis darauf, wer sich ihrer Meinung nach hinter den technischen Problemen verstecke.

Bei Wanda und mir läuteten einmal mehr die Alarmglocken. Ich blickte zu Wanda hinüber, die entsetzt die drei Rucksäcke fixierte. Daran hatte ich, zu sehr damit beschäftigt, mich über die neuerliche Panikmache zu echauffieren, überhaupt noch nicht gedacht. Als Wandas Blick schließlich den meinen traf, meinte ich, ihr ansehen zu können, dass sie in einer Situation, wie diese eine zu werden versprach, zwar lieber mit jemandes anderen Blick kommuniziert hätte, mangels einer Alternative allerdings entschlossen war, mit dem meinen vorlieb zu nehmen. Ihre Courage bestärkte mich, obgleich mir mein Gefühl eher riet, die harmlosen Touristen von der verwirrten Frau, für die ich mich offenbar bereits verantwortlich fühlte, abzuschirmen. Wanda und ich würden, so viel stand fest, an ein und demselben Strang ziehen, unklar war bloß noch, welcher das sein sollte.

Emily, Tessa und Konrad war nicht entgangen, dass die Frau etwas zu dem Mann gesagt hatte. Erwartungsvoll blickten sie den Familienvater an. Nur Iggy hatte sich vollständig in das Gemälde vertieft. Er war bestrebt herauszufinden, ob mehr von dem Gewässer, auf dem er seine Laufbahn als Pirat beginnen wollte, zu sehen sein würde, sofern es ihm gelänge, in die Leinwand hinein und im Bildraum ums Eck zu schauen.

Da ich nun mal nicht über die Autorität verfügte, der verwirrten Frau den Mund zu verbieten – schließlich unterstand sie noch nicht einmal vorübergehend meiner Aufsicht –, nahm ich mir im Auftrag einer Beschwichtigung der allgemeinen Situation vor, den drei Touristen mit einer die Verwirrte nicht unbedingt herabwürdigenden, wohl aber über sämtliche Sprachen hinweg unmissverständlichen Geste zu verstehen zu geben, dass sie nicht ganz bei Trost sei. Die Kinder würde ich, wie um meinen Hinweis zu unterstreichen, demonstrativ von ihr entfernen. Iggy müsste zwar einmal mehr am Kragen gepackt und weggezerrt werden, ausgerechnet in einem störrischen Verhalten wie dem seinen schien mir allerdings ein Schlüssel dazu zu liegen, die gesamte Atmosphäre in die herbeigesehnte Alltäglichkeit zu überführen.

Ehe ich noch daran gehen konnte, die Aufmerksamkeit des Touristenpärchens auf mich zu lenken und mit der zu mir gewandten Handfläche ein paar Sekunden lang Wischbewegungen vor meinem Gesicht anzudeuten, stellte sich mir die Frage in den Weg, wann ich selbst eigentlich das letzte, das entscheidende Mal von der Hand eines Erwachsenen aus meinen Träumen gerissen worden war. Geschah das damals auch bloß, um die Glaubwürdigkeit dessen, was dieser Erwachsene einem anderen Erwachsenen zu signalisieren gedachte, zu unterstreichen? Würde ich, indem ich Iggy sinnbildlich aus dem Wasser fischen oder, noch sinnbildlicher, von einer Laufbahn als Seeräuber abhalten würde, meine Gesten zu einem Knäuel von Fäden verwickeln, an denen ein Heranwachsender – Iggy nämlich – wie eine Marionette zu hängen käme?

Zu meiner Überraschung antwortete der Tourist der verwirrten Frau – offenbar ohne deren Verwirrung zu bemerken – mit einem Kopfnicken, ähnlich dem von vorhin, in das auch seine Begleiterin prompt wieder einfiel. Während ich mich immer hoffnungsloser in die Stränge der von mir geplanten Manipulation verstrickte, zeigte der Mann auf den Durchgang in den angrenzenden Saal und gab, indem er die Hand mit dem ausgestreckten Zeigefinger mehrfach anhob und wieder sinken ließ, mit verblüffend eloquenten Bewegungen zu verstehen, dass er einen Ort ein paar Säle weiter meinte.

Anders als für Wanda, die, wie sich später herausstellen sollte, annahm, die drei wären vor einem Märtyrer geflüchtet, der ein paar Säle, von dem, in dem wir uns befanden, entfernt in Erscheinung getreten sei – was für ein absurder Gedanke! –, stand für mich außer Frage, dass eben dort, ziemlich weit weg, ein solcher entdeckt und festgesetzt worden sei, woraus sich auch erklärte, weshalb das Stockwerk nach wie vor abgeriegelt, jedoch weder unter Tränengas gesetzt noch von einer Abteilung Einsatzkräfte in voller Montur gestürmt worden sei. Während Wanda und ich also erneut aneinander vorbeischauten, rannten Emily, Konrad und Iggy – der seine Piratenkarriere zugunsten weiterer Berufsanregungen, die er sich jetzt, da er über den Blick dafür verfügte, von den Bildern in diesem Museum versprach, aus eigenen Stücken verschoben zu haben schien – in die Richtung, die der Tourist ausgerechnet der verwirrten Frau als Antwort auf ihr Gestammel gewiesen hatte. Tessa stapfte deutlich langsamer, jedoch entschieden unaufhaltsam hinterher, und einen Moment lang kam es mir so vor, als lege sie es diesmal darauf an, auf so viele Fugen wie möglich zu treten, als revanchiere sie sich damit für die Geduld, die es sie zuvor gekostet hatte, ihnen auszuweichen.

Obwohl Wanda und ich – das stand für mich fest – der Situation ein unterschiedliches Maß an Bedrohung beimaßen, kam es uns beiden wie eine denkbar schlechte Entscheidung vor, ausgerechnet dorthin aufzubrechen, wo es etwas gab, das, wie immer man es verstehen wollte, nicht gerade den Eindruck erweckte, der richtige Ort für Kinder und friedliebende Erwachsene zu sein. Die paar Momente, die wir für eine Reaktion benötigten und die den Kindern einen gewissen Vorsprung einräumten, lagen also meiner Meinung nach eher darin begründet, dass sowohl Wanda als auch ich, die ebenso spontan gestellte wie unausweichliche Frage, wessen Schuld das nun wieder sei, an uns abprallen und ohne großes Zutun dem jeweils anderen – ich Wanda und Wanda mir – zufallen lassen wollten, wobei jedoch keiner von uns beiden daran dachte, dabei mit Entschiedenheit vorzugehen. Ping-Pong-Schlägern vergleichbar, die einen Ball so lange zurück zum Gegner befördern, solange er wie zufällig genau auf ihre jeweilige Schlägerfläche trifft.

Schließlich aber heftete ich mich im Anschluss an einen in höchster Dringlichkeit ausgesandten Blick Richtung Wanda, den trotz allen Unverständnisses – über das nachher noch zu reden sein würde – akute Einigkeit geschärft hatte, den Kindern an die Fersen und spürte, wie Wanda in meinem Rücken, augenscheinlich von den gleichen Gefühlen geleitet, sich ebenfalls auf den Weg machte. Einen Saal weiter hatten wir Tessa zwar bereits überholt, Iggy und Konrad waren in unserem Blickfeld aufgetaucht – Iggy, der größere, drehte sich immer wieder um und lief ein paar Schritte lang rückwärts, als empfange er den langsameren Konrad mit offenen Armen –, Emily jedoch schien bereits den daran angrenzenden Saal erreicht zu haben.

Ein Gemäldezyklus, der offenbar den Jahreszeiten oder einzelnen Monaten gewidmet war, und von mir ungeachtet der sich womöglich zuspitzenden Gefahr im Vorbeilaufen aus dem Augenwinkel heraus betrachtet wurde, vervollständigte die sonderbare Stimmung, die sich aus einer Mischung aus Ausgelassenheit und Bedrohung zusammensetzte, wie das Bühnenbild einer komischen Oper. Auf eine solche, eine Choreographie der Merkwürdigkeit, war es wohl auch zurückzuführen, dass weder Wanda noch ich allzu laut nach den Kindern riefen. Im ersten Moment dachte ich, das habe etwas mit der Hemmung zu tun, in derart Ehrfurcht einflößenden Räumen zu brüllen, es kann jedoch auch sein, dass das an dem Bedürfnis lag, möglichst niemanden auf uns aufmerksam zu machen.

Der Vollständigkeit halber halte ich hier fest, was ich aus dem Augenwinkel heraus auf dem Jahreszeiten-Bild sah: Bauern und Bäuerinnen waren in einer sommerlichen Landschaft beim Picknicken (im Vordergrund links) sowie bei der Arbeit mit mächtigen Sensen in einem Kornfeld (rechts und, soweit ich mich erinnere, in der Mitte im Hintergrund) dargestellt. Insgesamt dominierten das Leben bejahende Fröhlichkeit und verbindliche Wärme die Bildfläche. Beides erstreckte sich bis in die prallen Formen der Menschen und satten Farben der Pflanzen und bezog sich sowohl auf die Mahlzeit als auch auf die Arbeit. Für so ein Bild kam nur ein Maler infrage, der einer völlig anderen Gesellschaftsschicht entstammte als das Bauernvolk und der beim Malen dieses Bildes die Ausgelassenheit im Salon seines vornehmen Auftraggebers vor Augen gehabt haben musste. Ein Moment der Flüchtigkeit, das meinem hurtigen Tempo geschuldet war, passte übrigens recht gut zum übergeordneten Thema des Gemäldes, das einen sich mehr oder weniger auf die gleiche Weise wiederholenden Augenblick im Ablauf eines Jahres abbilden wollte. Etwas, das vorbeiging und wiederkehren würde.

Bereits im darauffolgenden Saal stießen wir auf Emily und wären beinahe einer von hinten in den anderen gekracht, denn Emily war – wie in einem Slapstick-Film, dachte ich – unmittelbar jenseits der Schwelle stehen geblieben.

Unter den Gemälden, die in diesem Saal ausgestellt waren, stach ein hochformatiges Bild hervor, das einen jungen Mann zeigte, der mit nichts als einem Lendenschurz bekleidet war. Der aufwändige Knoten, von dem das verhältnismäßig knappe Stück Stoff zusammengehalten wurde, entschädigte mit seinem Faltenreichtum in mancherlei Hinsicht für die fehlende Farbigkeit und die Oberflächengestaltung sonstiger Kleidungsstücke. In der Darstellung ging es jedoch eindeutig um die muskulöse Nacktheit des Jünglings, die er, verstohlen gen Himmel blickend, mit der Eleganz einer seinem Körper eingeschriebenen S-Kurve präsentierte.

Ein zweiter Blick offenbarte nicht nur, dass der Jüngling gar nicht leger an ein paar architektonischen Überresten, genauer gesagt an einer Säule lehnte, sondern an dieselbe gefesselt war, und eine Unmenge von Pfeilen seinen Körper an diversen Stellen durchbohrte. Jemand musste ihn hier angebunden – unweigerlich fiel mir unsere Situation in den herrschaftlich anmutenden Räumlichkeiten des Museums ein – und als Zielscheibe benutzt haben, wobei es eher um ein gleichmäßiges Verteilen der Pfeile, weniger um das Treffen einer bestimmten Körperstelle gegangen sein dürfte.

»Dreizehn Pfeile«, sagte Emily, wie um Rechenschaft darüber abzulegen, was sie gemacht hatte, bis wir anderen sie eingeholt hatten.

»Vierzehn«, verbesserte Iggy sie, obwohl er kaum Zeit gehabt hatte, nachzuzählen. Mir schien, Iggy ging es lediglich darum, etwas hinzuzufügen, als vergrößere sich die Zahl der Pfeile mit jedem, der zusätzlich in diesem Saal eintraf, wie sich mit jedem Pfeil das Leid des Mannes vergrößert haben musste, woran schließlich der Reiz der Darstellung gewachsen sein dürfte.

»Dreizehn«, wiederholte Emily, als beharre sie darauf, dass sie das Bild schließlich als erste von uns gesehen hatte.

»Aber einer steckt doch in seinem Kopf«, sagte Iggy erstaunlich ruhig.

Tatsächlich ging ein Pfeil, der prominenteste, was Größe und Sichtbarkeit betraf, durch den Schädel des Jünglings. Er war seitlich zwischen Hals und Kinn eingedrungen und mitten auf der Stirn wieder ausgetreten. Iggys Rechnung stimmte, vielleicht war es die Länge des Pfeils, die vom leidenden Blick des jungen Mannes, der nicht tot zu sein schien, unterbrochen wurde, die Emily veranlasst hatte, ihn nicht mitzuzählen.

»Und der Kopf gehört schließlich auch zum Körper.«

Anstatt hervorzukehren, dass er recht behalten hatte, stellte Iggy das mit einer merkwürdigen Gelehrigkeit in der Stimme fest, als mache er eine kluge Persönlichkeit nach, oder eine solche, die erst noch aus ihm werden müsste, spreche schon mal probehalber aus einem, ihm selbst nur fallweise zugänglichen Bereich seines Innersten.

»Ist das ein Märtyrer?«

Konrads Frage überraschte mich, und zwar weil es kurz den Anschein hatte, als stelle er sie jenem imaginären Weisen, der sich eben aus Iggy gemeldet hatte, und nicht mir, dem Erwachsenen, geschweige denn der klugen Wanda.

»Das ist der Heilige Sebastian«, antwortete ich und begriff, warum es Konrad in manchen Momenten vorzog, die Welt von dem bloß ein paar Jahre älteren Iggy erklärt zu bekommen anstatt von einem Erwachsenen. Gewisse Inhalte hören sich, wenn sie erläutert werden, aus erwachsenen

Mündern in Kinderohren gelegentlich wohl wie aus einer unüberbrückbaren Entfernung gesprochen an.

»Se-bas-sti-an«, skandierte Tessa, die inzwischen ebenfalls eingetroffen war, und trat bei jeder Silbe auf eine Fuge wie bei einem rustikalen Tanz, der mir die Bauern in Erinnerung rief, an denen ich eben vorbeigelaufen war.

»Das war ein römischer Soldat, der zum Tode verurteilt wurde, weil er in den Augen des Königs der falschen Religionsgemeinschaft angehörte.«

Emily: »Welche Religion war das?«

»Das spielt im Grunde keine Rolle«, antwortete ich, obwohl mir klar sein musste, dass das ganz danach aussah, als wüsste ich es nicht.

»Und warum ließ der König ihn dann mit den Pfeilen beschießen?«, wollte Konrad wissen.

»Weil Sebastian sich nicht bereit erklärt hat, zuzugeben, dass er falsch lag.«

»Nur deshalb?«

Ich fragte mich, ob Konrad das Beharren auf einem Standpunkt, zumal er von seiner Richtigkeit gar nicht hundertprozentig überzeugt zu sein schien, für eine Art Schutzmechanismus hielt – zumindest soweit es ihn als Kind betraf.

»Und weil er seine Freunde und Freundinnen nicht hatte verraten wollen.«

»Dafür hat er den Tod verdient«, kommentierte Iggy, und die eigenartige Aura, die seine vorangegangenen Worte umgeben hatte, sorgte dafür, dass mir nicht ganz klar war, ob das ein Kompliment in Richtung des Protagonisten des Bildes sein sollte oder ob Iggy tatsächlich der Meinung war, unter diesen Umständen handle es sich um eine gerechte Strafe.

»Hat ihn das zum Märtyrer gemacht?«

Ich bewunderte Konrad für die Hartnäckigkeit, mit der er entschieden hatte, einem Begriff, den er in letzter Zeit öfter gehört haben dürfte, bei dieser Gelegenheit auf den

Grund zu gehen, und nunmehr an diesem Beschluss festhielt. Hier und jetzt war für Konrad der Moment gekommen, ein Rätsel zu lösen, auf das angesprochen Erwachsene bisher zumeist hinter vagen Andeutungen in Deckung gegangen waren, älteren Kindern vergleichbar, wenn einer wie Konrad von ihnen die Bedeutung von Begriffen wie *Shoppen*, *Sex* oder *Komaglotzen* hätte wissen wollen.

»Ja, in gewisser Weise hat ihn das dazu gemacht.«

»Was denn, dass man mit Pfeilen auf ihn geschossen hat?«

Tessa hatte offenbar sämtliche Fugen in ihrer Umgebung zu Tode getrampelt.

Überraschend meldete sich Emily zu Wort: »Nein, weil er sich nicht gewehrt hat, als man ihm das angetan hat.«

Ich hatte befürchtet, dass das nicht einfach werden würde.

»Nicht direkt, sondern eher, dass er nicht bereit war, bestimmten Überzeugungen zuwiderzuhandeln, obwohl ihm diese Strafe angedroht wurde.«

Ich hatte den Eindruck, diese Erklärung wäre mir einigermaßen gut gelungen.

»Bestimmten was …?«

Diese Frage kam von Wanda, deren Häme sich ein unschuldiges Gesichtchen aufgesetzt hatte, als räche Wanda sich für ihre eigene Feigheit in derart brenzligen Situationen. Da ich es nun mal gewagt hatte, vor den Fragen der Kinder nicht davonzulaufen, sollte ich sie gefälligst auch bis ans Ende des Weges begleiten. Meinetwegen.

»Überzeugungen, wie es beispielsweise unsere Überzeugung ist, die Anweisungen des Sicherheitspersonals zu befolgen.«

Das mochte nun, zugegebenermaßen, nicht gerade überzeugend ausgefallen sein, reichte jedoch aus, um anzudeuten, dass ich entschlossen war, das Beste aus der gegenwärtigen Situation zu machen.

»Warum haben sie ihn an eine Säule gebunden und nicht an einen Marterpfahl, wie das bei den Indianern üblich ist?«, wollte Konrad wissen, und obwohl eigentlich ich für Indianerangelegenheiten zuständig war, ergriff Emily das Wort.

»Das hat damit zu tun, dass wir in einem Museum sind und nicht im Wilden Westen. In einem Museum muss es eine Säule sein.«

»Ist diese Säule das Überbleibsel eines Museums?«, bohrte Konrad weiter.

Iggy kicherte.

»Ich wäre lieber einer der beiden Männer da hinten auf der Straße«, sagte Tessa und stampfte ein paar Mal auf, als hätte sich unter ihrer Fußsohle eine Fuge geregt. Am linken Rand des Gemäldes waren zwei winzige Figuren als Rückenansichten dargestellt, die sich in einiger Entfernung zu Sebastian befanden und auf ein im Hintergrund sichtbares Gewässer zugingen.

»Das sind doch mit Sicherheit die, die auf ihn geschossen haben«, gab Iggy zu bedenken.

Tatsächlich konnte man bei genauerem Hinsehen erkennen, dass die beiden mit Pfeil und Bogen ausgerüstet waren. Tessa war das gar nicht aufgefallen, sie dachte offenbar nur daran, das Museum hinter sich zu lassen. Das, was sie als die Ruine eines Museums auf dem Gemälde identifiziert zu haben glaubte, sowie jenes Museum, in dem wir – so viel schien sie mittlerweile verstanden zu haben – vorläufig festsaßen.

»Die zwei sehen aber trotz Pfeil und Bogen nicht aus wie Indianer«, stellte Konrad fest.

»Sebastian soll das übrigens überlebt haben«, sagte ich, um unser Gespräch auf etwas Positives zu lenken.

»War das seine Belohnung?«

Gegen ein Happy End hätte Emily, hätten wir alle nichts einzuwenden gehabt.

»Im Gegenteil«, das war Wanda, »Dieser Märtyrer ist vor den König getreten und hat ihm eine lange Nase gezeigt ...«

An dieser Stelle wurde Wanda von Emily unterbrochen (»Der mit dem Turm?«), schüttelte jedoch bloß den Kopf und fuhr fort: »... woraufhin der König ihn ein weiteres Mal zu töten versuchte, und zwar mit Knüppeln.«

Diese Geschichte kannte ich gar nicht. Ich fragte mich, ob Wanda sie nicht eben erst erfunden hatte, um den Kindern eine bittere Lektion in Sachen Wirklichkeit zu erteilen.

»Der Mann hat regelrecht darauf bestanden, getötet zu werden. Das erst ließ einen Märtyrer aus ihm werden.«

»Warum hat er eigentlich nichts an?«

Emily fragte das niemand Bestimmten. Sie fragte in unser aller Namen und – nahm ich an – in der Absicht, Wanda vom Thema Töten und Getötet-Werden abzubringen.

»Er ist mit seinen Wunden bekleidet.«

Intuitiv hatte Tessa verstanden, worauf Emily hinauswollte.

»Damit jeder sehen kann, was er über sich hat ergehen lassen.«

Wanda schien entschlossen, so gut wie alles gegen den Heiligen zu verwenden.

»Mit den Knüppeln hat es dann schließlich auch geklappt. Zuallerletzt wurde Sebastians Leichnam in den Abwasserkanal geworfen.«

»Pfui!«

Konrad verhielt sich als einziger von uns Wanda gegenüber wie ein dankbares Publikum. Ich hingegen machte mir ernsthafte Sorgen, ob nicht etwa eine Todesahnung von Wanda Besitz ergriffen hatte, mit der früher oder später unangenehme Folgen für unsere gesamte Gruppe verbunden sein könnten. Etwas Düsteres war über ihrer Gesichtslandschaft aufgegangen wie ein finsterer Mond.

»Märtyrer, müsst ihr wissen, veranstalteten damals so eine Art Wettbewerb, wer sich darauf verstand, die schlimmere Strafe für sich herauszuschlagen.«

Zu allem Überdruss betrat in diesem Moment die verwirrte Frau von vorhin den Saal mit dem *Heiligen Sebastian* und murmelte etwas von *Selbstmordanschlag* und *Todesfalle* vor sich hin. Auf der Suche nach einem Ausweg stieß mein Blick auf einen uniformierten Aufseher, der einige Gemälde entfernt – jedes einzelne von ihnen einem eigenen Entwurf der Welt gewidmet – eine verschlossene Türe, die sich in seinem Rücken befand, bewachte. Von uns oder der verwirrten Frau und ihrem Gemurmel schien er keinerlei Notiz zu nehmen, sondern drückte und drehte an seinem Funkgerät herum, als spiele sich alles Wichtige ausschließlich auf dem Display dieses Gerätes ab und einem wie ihm wäre es, die verschiedenen Regler manipulierend, möglich, daran teilzunehmen. Unmittelbar neben ihm hing das Porträt eines Lautenspielers, der sein Instrument stimmte. Der Aufseher erinnerte mich an ein Kind, das ein technisch anspruchvolles Gerät seiner Eltern in die Finger bekommen hat. Wie ein solches, ein längst erwachsenes Kind, das weiß, was von ihm erwartet wird, allerdings keine Ahnung hat warum, hätte der Aufseher uns – da bin ich ganz sicher – daran gehindert, den Saal durch die Türe hinter ihm, die möglicherweise zu einem Stiegenabgang führte, zu verlassen und uns stattdessen mit der ihm zur Verfügung stehenden Höflichkeit um Geduld gebeten.

»Ursprünglich wurde dieses Bildnis des Heiligen Sebastian von einem Maler namens Mantegna für eine Kirche angefertigt.«

Etwas Besseres fiel mir nicht ein. Hingegen hielt ich es für unverzichtbar, in diesem Moment mehrfachen gezielten Aneinander-Vorbeischauens ein paar Worte zu sagen.

»Ist ein Museum so etwas wie eine Kirche?«

Über Iggys knifflige Frage hinweg sah ich zu der verwirrten Frau, die ein paar Meter von uns entfernt stehen geblieben war, als gehörte sie mittlerweile zu unserer Gruppe – aber eben nicht richtig. Sie schien sogar noch ein bisschen unverblümter durcheinander zu sein als zuletzt. Zwar hatte sie uns gefunden, ihre Kleidung hatte jedoch unübersehbar weiteren Schaden genommen. Ihr Rock schien verrutscht, ihre Strümpfe warfen Falten. Einer ihrer Ellenbogen wies weiße Flecken auf, woraus ich schloss, dass sie mehrfach gegen die Wand gestoßen sein musste. Auch die Tasche trug Spuren des Wandverputzes, als wäre sie dagegengeschlagen worden – vielleicht um sie zum Schweigen zu bringen. Andererseits schien ausgerechnet diese Frau Wanda allein schon durch ihr Auftauchen von ihrer pechschwarzen Sichtweise abzubringen. Als hätte eine solche Stimmung hier auf die Frau gewartet und nur mangels eines willigeren Opfers vorübergehend Wandas Blick getrübt. Aus Wandas Gesicht schienen die Gewitterwolken jedenfalls wieder abgezogen.

»Na ja, ein Museum ist eigentlich … im Grunde eigentlich schon, irgendwie ist es eine Kirche«, antwortete ich Iggy.

»Jedenfalls ist aus den meisten Kirchen mittlerweile so etwas wie ein Museum geworden.«

Die neue alte Wanda ließ keinen Augenblick verstreichen, ehe sie sich wieder an unserem Gespräch beteiligte.

»So könnte man es ebenfalls formulieren.«

Das war meine Art, sie darin willkommen zu heißen.

Als wir uns wieder auf den Weg machten, musste es – für den vor der versperrten Türe postierten Museumsaufseher zum Beispiel – so aussehen, als hätten wir auf die verwirrte Frau mit ihrem bedrohlichen Gemurmel gewartet, nur um, sobald sie eingetroffen wäre, erneut die Flucht vor ihr zu ergreifen. Als hätten wir eingesehen, dass uns der Schrecken einstweilen auf der Spur bleiben würde, egal was wir dagegen unternähmen. Ich musste an Konrad denken.

Vielleicht würde es jedoch auch von Vorteil sein, die Bedrohung mit einer bestimmten Person zu verknüpfen, die loszuwerden sich im Moment zwar als nahezu unmöglich erwies, die sich allerdings unschwer auf Abstand halten ließe – immerhin besser, als die Bedrohung krieche in Wanda oder sonst jemanden oder gleich in mehrere von uns.

Von dem Raum mit dem Heiligen Sebastian aus blieb uns nur ein schmaler Gang, den wir durch eine deutlich kleinere Türe betraten und der, entlang riesiger und, um die Gemälde besser zur Geltung zu bringen, verdunkelter Fenster in die Richtung führte, aus der wir gekommen waren. Alle paar Meter verbreiterte sich dieser Gang, um den Betrachtern die Möglichkeit zu bieten, ein jeweiliges Gemälde aus ein paar Schritten Entfernung anzusehen.

Als erstes kamen wir an einer etwa vierzig mal dreißig Zentimeter großen Leinwand vorbei, von der uns ein zumindest für uns Erwachsene an seiner Kleidung als Geistlicher zu identifizierender Mann anblickte. Ich musste an einen Nachrichtensprecher aus dem Jenseits denken, einen Verkünder des ewig gleichen Wortes, und machte – wie alle anderen in unserer Gruppe – keinerlei Anstalten, stehen zu bleiben. Beinahe war mir, als würde sich der Mann, dessen Brustbild die gesamte Ausbuchtung des Raumes beherrschte, indem wir einfach weitergingen davon überzeugen lassen, dass uns keine seiner Botschaften interessierte. Seine Lehren hatten jegliche Überzeugungskraft eingebüßt, sogar als schwaches Echo strotzten sie nur so vor Scheinheiligkeit. Allein dass sein Porträt hier hing, versinnbildlichte den ganzen mit seinesgleichen verbundenen Irrtum. Schließlich hing das Bild aufgrund der Meisterschaft dessen, der es gemalt hatte (Jan van Eyck), hier und nicht etwa, weil irgendjemand es für notwendig hielt, sich an den Kirchenmann (X von und zu Y) zu erinnern.

Rückbezüglich betrachtet spricht vieles dafür, dass ich, konfrontiert mit seinem selbstgefälligen Gesicht, in meinem Unterbewusstsein bereits bei der Berichterstattung darüber war, was sich in diesen Momenten tatsächlich in dem Museum abgespielt haben sollte. Möglicherweise erkannte ich in dem Kirchenvertreter, einem Kardinal aus dem 15. Jahrhundert, einen zeitgenössischen Moderator auf einem Bildschirm, der im Begriff war, dramatisch hochstilisiert zu schildern, was dazu geführt habe, dass das Museum vorübergehend hermetisch abgeriegelt werden musste. So sehr mich diese Zusammenhänge im Nachhinein interessieren sollten, so ungeeignet schien mir der damalige Zeitpunkt, um sich in reißerische Schlagzeilen verpackte Mutmaßungen anzuhören. Was das betraf, reichten mir die gelegentlichen Wortmeldungen der verwirrten Frau, die erwartungsgemäß wie eine geistesabwesende Nachzüglerin hinter uns her trottete.

Im Rahmen einer tatsächlichen Zusammenfassung der Ereignisse sollte es später übrigens heißen, die Messerattacke des Mannes sei gar nicht geplant gewesen, sondern müsse, so der Attentäter im Verlauf eines Verhörs, darauf zurückgeführt werden, dass er bei der Aufforderung, seinen Rucksack zu öffnen, schlicht die Nerven verloren habe. Das eigentliche Ziel, das er sich mit einer, wie ihm ein Journalist in der Folge attestieren würde, geradezu *diabolischen Gewitztheit* gesteckt hatte, habe, so der Gewalttäter, darin bestanden, eines der Gemälde in den Schausälen des Museums mit Farbe aus einer mitgebrachten Sprühdose zu verunstalten. Befragt nach den Motiven hinter einer derart absurden Aktion, die der Öffentlichkeit unverhältnismäßig harmloser erscheinen musste als die Messerattacke auf einen Menschen – wiewohl sich in der Folge Leute in Postings und Tweets zu Wort melden sollten, die meinten, man hätte ebenso auf ihn schießen müssen, sofern er sich an einem der wertvollen Gemälde vergriffen hätte (Gemälde, versteht sich, die sie noch gar nie zu Gesicht bekommen hatten) –, würde der Attentäter später zu Protokoll geben, er habe vorgehabt, ein Bild religiösen Inhalts zu zerstören, weil es sich dabei in seinen Augen um den Kultgegenstand einer Irrlehre handle. Damit nicht genug, so der Mann im Anschluss an seine gescheiterte Tat: Ihrer seit jeher abwegigen spirituellen Kraft endgültig beraubt, hätten diese Machwerke – die Bilder – schließlich ihren Weg in einen *Tempel westlicher Dekadenz* gefunden, wo sie gegen Geld besichtigt werden könnten. Für ihn, den Attentäter, Ausdruck der vollständigen Verblendung des Westens, im Grunde wohl nur einer kleinen Schicht daselbst, der es jedoch gelinge, die große Mehrheit für dumm zu verkaufen. Dieser Dummheit habe er mit seiner Aktion einen Denkzettel verpassen wollen, wofür ihm eine nicht unwesentliche Anzahl an Menschen in diesem Land – so seine Meinung – früher oder später sogar dankbar gewesen wäre.

Dieser Form von Rechtfertigung bald überdrüssig, sollten sich die Berichterstatter schließlich eher dafür interessieren, welches Bild der Attentäter für seinen Zerstörungsakt ausgewählt hatte. Er habe sich, so der Mann laut Medien, bis zuletzt noch nicht endgültig entschieden gehabt, ob es Raffaels *Madonna im Grünen* werden würde oder Caravaggios *Rosenkranzmadonna.* In beiden Fällen Meisterwerke – das die Meinung der Medien, nicht des Attentäters – und Darstellungen der Mutter Gottes, worin angedeutet lag, dass er, dessen Namen die Sicherheitsbehörden später mit Hussein Y. angaben, dass also Hussein Y. sich im Vorfeld des von ihm geplanten Anschlags eingehend mit der Sammlung dieses Museums auseinandergesetzt haben musste.

Ob nun die *Madonna im Grünen* oder die mit dem *Rosenkranz*, hätte Hussein Y. erst vor Ort entschieden, je nachdem, welches der beiden Bilder von ihm in einer Situation angetroffen worden wäre, die ihm mehr Zeit für das Anbringen seiner Verunstaltungen in Aussicht gestellt hätte. Im Idealfall – Hussein Y. soll, würde es später heißen, tatsächlich von einem Idealfall gesprochen haben – hätte er sich, wäre ein Bild erst einmal beschmiert gewesen, auch noch über das andere hergemacht. Auf alle Fälle seien seine Motive – das sollte vom Attentäter im Nachhinein mehrfach betont werden – ausschließlich religiöser und nicht etwa ästhetischer Natur gewesen. Das Messer, würde Hussein Y., vom Staatsanwalt zur Rede gestellt, antworten, habe er mitgebracht, um sich, hätte er erstmal eines oder vielleicht sogar beide Gemälde seiner Behandlung unterzogen, einen Weg aus dem Museum zu bahnen. Seiner Einschätzung nach hätten ihm die meisten Menschen – die Museumsaufseher inbegriffen – bereits beim bloßen Anblick dieser Waffe (übrigens ein Fabrikat aus der Schweiz mit einem Griff aus Kirschbaumholz, kein Krummschwert, wie jemand zu diesem Zeitpunkt schon zu Protokoll gegeben haben würde) den Weg freigemacht.

Wir, so viel steht für mich fest, hätten das in jedem Fall getan. Ich wäre wahrscheinlich bereits vor einer auf mich gerichteten Farbspraydose in Deckung gegangen – und das, obwohl ich kein Gemälde bin. Anders als die zwei größeren Kinder in unserer Gruppe, die weiterhin damit zu spekulieren schienen, in einer der Bildlandschaften unterzutauchen, etwa um sich von einem riesigen Vogel wegtragen zu lassen (Iggy angesichts einer Darstellung der *Entführung des Ganymed* von der Hand Correggios) oder auf dem Rücken eines Pferdes Richtung Bildhintergrund zu entschwinden (Emily, als sie das herrenlose Pferd des heruntergefallenen *Saulus* auf einem Gemälde von Parmigianino sah), anders als diese zwei Kinder ertappte ich mich in Anbetracht einzelner Gemälde in ihren monströsen, teils vergoldeten Rahmen bei dem Gedanken, ob wir uns nicht bis auf Weiteres hinter einem solchen Rahmen verstecken könnten. Als handle es sich dabei um eine Türe in eine Welt zwischen der realen, die im Begriff war, uns in die Flucht zu schlagen, und einer fiktiven, die vorübergehend Schutz zu bieten schien. Selbstverständlich verfiel ich nicht in den naiven Glauben, der aus Fantasie und Ästhetik gebaute Darstellungsraum der Bilder stelle eine Alternative zur Wirklichkeit dar. Und das, obwohl ich damals gar nicht wissen konnte, dass der Attentäter es ja gerade auf die Bilder abgesehen hatte. Nicht auszudenken, wenn er ausgerechnet auf ein Gemälde losgegangen wäre, hinter dessen Rahmen Wanda, ich und die Kinder uns verborgen hätten.

Meinem Hinweis, dass der Mann – Saulus – sich der Legende zufolge kurz darauf in Paulus verwandelt haben soll, schenkte Emily übrigens kaum Beachtung. Vielleicht, stellte sie lapidar fest, würde er das Pferd in seinem neuen Leben ohnedies nicht mehr benötigen. Hinzu kam zweifellos, dass Emilys kindlicher Instinkt meine Information als schnödes Ablenkungsmanöver enttarnte.

Ich wiederhole, dass wir zu diesem Zeitpunkt keine Ahnung hatten, was in dem Gebäude gerade vor sich ging, geschweige denn, was noch zu erwarten sein würde. Wer sich schon einmal mit einem oder mehreren Kindern, die einem anvertraut worden sind, in einer solchen Situation befunden hat, weiß, dass die erheblich größere Schwierigkeit, die es den Jüngeren bereitet, eine Gefahrenlage einzuschätzen, die Hilflosigkeit jener, die sich für sie verantwortlich fühlen, beinahe ins Unermessliche steigert. In Momenten wie diesen fühlt man sich für alles, was Kindern aus der Welt der Erwachsenen zu widerfahren droht, verantwortlich. Ihre arglose Sichtweise auf die Welt erinnert, verglichen mit der eingeengten Perspektive, aus der

Erwachsene auf dieselbe schauen, an den Anblick, den uns Maler auf Bildern, wie sie in Museen wie dem, in dem wir festsaßen, hängen, hinterlassen haben. Nicht unbedingt, weil die Welt sich auf der Leinwand ein anderes Gesicht aufgesetzt hätte, sondern weil sie, egal ob im Schönen oder Schrecklichen, zum Stillstand gebracht wurde, und dieses Innehalten dem Betrachter Gelegenheit gibt, sich über seine Position außerhalb jeglichen Geschehens klar zu werden.

Als wir die nächste Ausbuchtung des Ganges – einer Lichtung im Verlaufe eines Pfades durch ein immenses Dickicht vergleichbar – erreichten, verlangsamten wir nicht nur wie auf Kommando gleichzeitig unser Tempo, sondern machten überdies allesamt Anstalten, uns so leise und zurückhaltend wie möglich zu bewegen. Keiner von uns, ob nun Erwachsener oder Kind, weder Emily noch Wanda und auch nicht der vorlaute Iggy – da bin ich mir sicher –, hätten sagen können, warum wir mit einem Mal wussten, was es zu tun gelte, und es auch taten. Kein Aufseher, kein Funkgerät und auch nicht der Kirchenvertreter auf der Leinwand, an der wir, ohne viel Aufhebens von seinem Konterfei zu machen, vorbeigegangen waren, hatten uns dazu aufgefordert. Wir verhielten uns gemäß unseres Gefühls, wir handelten in Anbetracht eines Mannes und einer Frau, die sich vor einem Gemälde auf dem Boden hingekniet hatten und offenbar in ein Gebet versunken waren.

Von uns schienen sie keinerlei Notiz zu nehmen, was meiner Ansicht nach nicht so sehr daran lag, dass wir uns kaum bemerkbar machten, sondern daran, dass die beiden in eine Transzendenz entrückt waren, in der sie Kraft für alles, was da auf sie zukäme, zu finden hofften. Was immer an Bedrohung sich um sie herum zusammenbraute, die zwei hatten eine Körperhaltung eingenommen, in der sie sich davor gefeit fühlten.

Auf der Bildfläche, der mittleren Tafel eines Triptychons, war eine Kreuzigung zu sehen. Der Gekreuzigte – anders als zuvor Sebastian – tot, ohne Besinnung, verstorben, sein in Auflösung befindlicher Lendenschurz zu künstlich anmutenden Bäuschen wie von Luftzügen in die Höhe gewirbelt, dort oben mit zwei Engeln korrespondierend, die wiederum über schlicht auf die Bildfläche gehauchten Wolkenzügen zu schweben schienen. Diesmal bildeten Landschaft und Stadtansicht eine horizontale Zäsur – das Städtchen eine spätmittelalterliche Bonbonniere –, unterhalb der sich vier Menschen um das Kreuz versammelt hatten. Links sichtlich trauernd zwei zum Gekreuzigten gehörende Figuren, rechts deutlich gefasster und in Gebete vertieft ein Mann und eine Frau, die in meinen Augen einiges mit den beiden auf dem Museumsparkett knienden Menschen verband. Tatsächlich kam es mir so vor, als wäre es den zwei im Raum Knienden gelungen, als gemalte Versionen ihrer selbst Eingang in das Gemälde zu finden. Ich erklärte mir das – diesmal ohne die anderen davon in Kenntnis zu setzen – damit, dass es sich bei den beiden auf dem Bild um sogenannte Stifter handelte, also zur Zeit der Entstehung des Bildes – nicht der Kreuzigung – lebendige Menschen, die sich vom Maler gegen Bezahlung recht prominent neben den Darstellungen der Heiligen hatten abbilden lassen. Ähnlich wie wir in Anbetracht der zwei in Andacht versunkenen Menschen in unserer Wirklichkeit Rücksicht nahmen, hatte der Maler seinen beiden Auftraggebern angesichts der über die Kreuzigung ihres Sohnes, ihres Anführers Trauernden Zurückhaltung auferlegt.

Auf zwei weiteren Tafeln dieses dreiteiligen Altars, außen rechts und außen links, waren ein Heiliger und eine Heilige dargestellt, in denen ich, für mein Gefühl wie von alleine, einer Eingebung folgend, Wanda und mich erkannte, wie wir auf einer weiteren Ebene den insgesamt vier Betenden zusahen, die sich deutlich näher an der Erlösung befanden als wir. Von den Kindern fand sich auf der Leinwand keine Spur. Sie genügten sich in ihrer Präsenz, ließen sich nicht so einfach in ein Geschehen bannen, für dessen heilsame Wirkung sie noch keinerlei Verwendung hatten. Keinem Maler, auch nicht einem Rogier van der Weyden – Wanda informierte mich darüber, dass er der Urheber des Kreuzigungsbildes war, indem sie nur ihre Lippen, diese jedoch so prägnant wie möglich bewegte –, konnte es gelingen, sie einigermaßen glaubhaft in eine solche Szene zu integrieren. Am ehesten noch als Engel. Ich musste an die Kinder auf den *Vier Weltteilen* denken.

Beim genaueren Hinsehen erkannte ich übrigens tiefe Furchen im felsig hügeligen Boden der Bildlandschaft, eine davon trennte das Stifterpaar von der Kreuzigungsgruppe.

Als die verwirrte Frau zu uns, die wir hinter den beiden Betenden Aufstellung genommen hatten wie die zweite Schlachtreihe einer Armee aus napoleonischer Zeit, bereit die Kugeln unserer sogenannten Feinde aufzufangen, während die Kameraden vor uns in die Knie gegangen waren, um ihre Musketen abzufeuern, als die verwirrte Frau zu uns stieß, schien auch sie unverzüglich von der besonderen Atmosphäre ergriffen, die auf und vor dieser Darstellung der Kreuzigung herrschte. Anders als bei den *Vier Weltteilen*, mit denen sie Kontakt hatte aufnehmen wollen, und dem Märtyrer Sebastian, von dem sie uns verscheucht hatte, kniete sie sich, ohne eine Aufforderung abzuwarten, neben die zwei Menschen aufs Parkett und verfiel wohl ebenfalls in ein Gebet. Uns, Wanda, mich und die uns anvertrauten Kinder, ließ sie als Betrachtende, als Außenstehende zurück.

Die Verwirrte hier bei den beiden Betenden zu wissen, strahlte, auch wenn es in meinen und in Wandas Augen nicht das Richtige sein mochte, etwas Unschuldiges aus, wogegen einzuschreiten uns nicht eingefallen wäre. Auch die Kinder sparten sich jeglichen Kommentar, obwohl es allerhand zu kommentieren und zu fragen gegeben hätte (»Beten die, um eines Tages auch so malen zu können?«).

Als wir uns schließlich wieder auf den Weg machten, hatte ich den Eindruck, der Mann, der die ganze Zeit über, schon als wir die Szenerie mit ihm, seiner Partnerin und der Kreuzigungsdarstellung betreten hatten, in sein Gebet vertieft gewesen war, richte für den Bruchteil einer Sekunde seine Pupillen auf diejenige, die sich da ungefragt neben ihm niedergelassen hatte. Vielleicht ein Willkommensgruß, vielleicht die Frage, wo die Frau wohl hingehöre. Mir gefiel der Gedanke an einen Willkommensgruß besser, deshalb gab ich im Vertrauen, dass es sich um einen solchen gehandelt habe, unserer Gruppe das Zeichen zum Aufbruch.

Obwohl – doch ja, *obwohl* jeder und jede von uns auf die eine oder andere Art begriffen hatte, dass hier kaum noch etwas so war wie an einem gewöhnlichen Nachmittag im Museum, verhielten wir uns, wohl schon aus lauter Sehnsucht nach ein wenig Gewöhnlichkeit, beinahe gewöhnlicher als sonst. Sämtliche Merkwürdigkeiten, ob nun versperrte Ausgänge, stammelnde Aufseher, verwirrte oder betende Besucher, versuchten wir als Phänomene aufzufassen, die einem in einem Museum schon einmal begegnen können. Mitunter sieht man Menschen, die Gemälde kopieren (»Warum besorgen die sich keine Postkarte von dem Bild?«), Grüppchen, denen ein Schlaumeier erklärt, worauf sie da schauen (»Ist das der Maler?«), oder Besucher, die sich Erläuterungen ins Ohr flüstern lassen (»Können die nicht aufhören zu telefonieren?«). Einen vermeintlichen Terroranschlag, den zumindest Wanda und ich inzwischen wohl beide irgendwie vermuteten, hätten wir wie etwas darzustellen versucht, in das man in einer Großstadt eben hin und wieder gerate.

Vorläufig war das jedoch noch kein Gesprächsthema, und Iggy übernahm diesmal die Vorhut, indem er den Gang entlang vorauslief, um sich nur ein paar Augenblicke später wieder nach uns anderen umzuschauen.

»Das müsst ihr euch ansehen, dort hinten geht's in die Stadt hinaus.«

Obgleich Wanda und ich uns verhalten wollten wie gewöhnlich, beschleunigten wir unsere Schritte nun doch merklich, anstatt Iggy zuzurufen, er möge in aller Ruhe auf unser Eintreffen warten, und eventuell noch das eine oder andere Gemälde zumindest mit ein paar Blicken abzutasten, ehe wir Anstalten machen würden, zu ihm aufzuschließen. Nein, wir verfielen in den Modus von Gesetzesbrechern, die nach begangener, einstweilen noch nicht entdeckter Tat den Tatort verlassen und dabei so schnell wie möglich machen, ohne sich etwas davon anmerken zu lassen. Ein wo auch immer postierter unparteiischer Beobachter hätte sogar meinen können, es wäre uns Erwachsenen darum gegangen, schneller zu sein als die Kinder, mit denen wir unterwegs waren.

Als Beobachterin, ob nun unparteiisch oder nicht, wäre übrigens nur eine junge Frau in Betracht gekommen, die von einer knapp einen Meter hohen Holztafel auf uns herunter und gleichzeitig, merkwürdig in sich gekehrt – vorausgesetzt *in ihr* befände sich irgendwo außerhalb ihrer selbst – an uns vorbeischaute. Wie angesichts des Kirchenvertreters interessierte uns auch diesmal etwas anderes – Iggys Hinweis auf einen vermeintlichen Ausgang nämlich. Anders als in seinem Fall ließ sich einiges an dem Dreiviertelporträt der jungen Frau allerdings ganz einfach nicht übersehen. Obenauf etwa ein breitkrempiger Hut, der beinahe zu riesig für den Bildausschnitt war. Oder ein langes, blankes Schwert, dessen kaltschnäuzige Klinge sie geradezu triumphierend an den Bildrand hielt, als sei sie im Begriff, den ihr zugewiesenen Bildraum kurzerhand aufzuschlitzen wie einen Brief an die Nachwelt, sowie – und vor allem – der Kopf eines bärtigen Mannes, auf dessen Stirn sie ihre behandschuhte, beringte linke Hand gelegt hatte, als entschuldige sie sich mit dieser vagen Zärtlichkeit dafür, was ihr Schwert zuvor angerichtet zu haben schien. Die imposante Klinge dieses Schwertes präsentierte die junge Frau uns hingegen in unbeflecktem Zustand, also ohne jegliche Blutspur, und doch ließ ihr Gehabe keinen Zweifel daran aufkommen, dass sie damit den Kopf von dem dazugehörigen Körper abgetrennt hatte – und dies nicht etwa vergeblich hatte verhindern wollen. Vielleicht stand die Reinheit ihrer Waffe ja dafür, dass sie sich durch diese Tat nichts hatte zuschulden kommen lassen, dass der Kopf es verdient habe, vom Rest des Körpers heruntergeschnitten zu werden. Eventuell weil es sich um einen Übeltäter, einem Terroristen vergleichbar, gehandelt habe. Die junge Frau hätte in diesem Fall zwar einen Mann getötet, einer Vielzahl anderer jedoch dadurch das Leben gerettet.

Mich erinnerte die blank geputzte Tatwaffe an die in aller Offenheit entladenen Büchsen, die sich Jäger vor den Unterleib halten, während sie ihre Beute unter dem triumphierenden Gejohle ihrer Hörner begutachten.

Vom Körper des bedauernswerten Mannes fehlte jede Spur. Sein Kopf lag auf so etwas wie einer Tischplatte, einem Bord vielleicht, auf dem sein Torso offenbar nichts zu suchen hatte. Die Augen in dem Kopf – es ist erstaunlich, was man trotz Wegschauens mitunter später alles gesehen haben will – erinnerten in ihrem halbgeöffneten Zustand an jene des Sebastian, obwohl der Mann, dessen Kopf da lag, noch eindeutiger als der Gekreuzigte mausetot sein musste. Sein Mund stand offen, als habe er, gerade als er mitsamt dem Kopf vom Körper abgeschnitten wurde, noch etwas sagen wollen, wahrscheinlich etwas, um seiner Überraschung Ausdruck zu verleihen, dass ausgerechnet diese oder dass überhaupt eine Frau jenes Schwert führte, das seinen Lebensfaden also nunmehr durchtrennte.

Wanda und ich hatten uns innerlich bereits darauf eingestellt, Fragen zu diesem beängstigenden Porträt (*Judith*, die Frau, das wusste ich, Cranach, der Maler, das las ich im Vorbeigehen) gestellt zu bekommen, so gesehen kam es uns also ganz gelegen, dass wenigstens der vorlaute Iggy bereits vorgeprescht war. Rückbezüglich mutet eine solche Befürchtung vielleicht ein wenig lächerlich an. Immerhin waren wir in den Schausälen dieses Museums von allen Seiten von Gräueltaten und Schrecklichem umgeben, schließlich ereignete sich, zu allem Überdruss, nur ein Stockwerk unter uns – was wir allerdings damals bestenfalls ahnen konnten – gerade eine nicht minder blutrünstige Tragödie. Wem das zu abwegig erscheint, schlage ich vor, in Wandas und meiner Beschleunigung, der sich die Kinder natürlich unaufgefordert anschlossen, das meinetwegen sinnlose Bestreben herauszulesen, der Gegenwart zu entrinnen. Mit Hilfe von Geschwindigkeit die Zeit schneller vergehen zu lassen, etwas hinter uns zu lassen und einen Raum zu erreichen, in dem es schon später wäre, irgendwohin vorzudringen, wo sich, was jetzt noch andauerte und vielleicht noch nicht einmal seinen Höhepunkt erreicht hatte, bereits in ein Danach würde verwandelt haben.

In einer etwas größeren Ausbuchtung des Ganges, die mehreren Gemälden Platz bot, wartete Iggy wie einer jener Fachmänner, die Interessenten eine Malerei erklären, vor einer schultafelgroßen Leinwand im Querformat, auf der ich ansatzweise sofort und mit einiger Verzögerung dann unbestreitbar eine barocke Gartenlandschaft erkannte, die sich in mehr oder weniger dem gleichen Zustand – sofern man über Jahrhunderte hinweg von *gleich* sprechen kann – nach wie vor in unserer Stadt befand. Das Gemälde schien an die 250 Jahre alt zu sein, die Passanten in der Gartenlandschaft waren jedenfalls barock gekleidet, was Iggy, davor stehend, wie den frühreifen Reiseleiter eines Trips durch die Jahrhunderte wirken ließ. Er hatte den Zusammenhang zur Wirklichkeit erkannt, er wusste, wo das war, was ihm nicht nur wie der erste, sondern wie der entscheidende Schritt erschien, auch dorthin zu gelangen.

Die übrigen Kinder johlten. Ich glaube nicht, dass sie so schnell begriffen hatten, worum es ging. Es war Iggys Euphorie, die ihnen signalisierte, dass er es mit seiner dreisten Schlauheit wieder einmal geschafft hatte. Und tatsächlich: Auf dem Gemälde schien die Künstlichkeit der verspielten Pflanzenarrangements, der raffiniert geformten Rasensegmente und Springbrunnen besser aufgehoben als in der Wirklichkeit, in der wir uns befanden, einer Wirklichkeit, in der sich dieser skurrile Park übrigens zwischen zwei Palais erstreckte – beide mittlerweile ebenfalls Museen, weil heutzutage niemand mehr so wohnte. Der Schöpfer dieser Ansicht – seine Name, Canaletto, den wir auf einem Täfelchen lasen, ließ uns an ein Traumschiff denken, auf dem man durch Epochen reisen könnte – hatte den Garten wohl bald nach seiner Fertigstellung auf diese Leinwand gebannt, zu einem Zeitpunkt, an dem man die Welt noch mit solchen Augen sah, ihre Oberfläche so gestaltet wissen wollte, was uns, das hatte Iggy verstanden, dabei helfen würde, uns eben dorthin zu begeben. Ob alles heute noch genauso aussah wie zu jener Zeit, spielte dabei keine allzu große Rolle. Vielleicht war es sogar besser, wenn dem nicht so wäre. Wünschten wir uns nicht auch in ein Jetzt, in dem sich nicht ereignen mochte, was möglicherweise irgendwo in diesem Gebäude gerade vor sich ging?

»Die Menschen auf dem Bild sind aber komisch angezogen«, meinte Emily. Noch bevor sie am Ende ihres Satzes angelangt war, hatte ihr Tonfall allerdings eine Wandlung von etwas Befremdlichem zu etwas Sehnsuchtsvollem durchgemacht. Wahrscheinlich war ihr, bevor sie das letzte Wort ausgesprochen hatte, die Idee gekommen, eine Flucht in diesen Garten – in den auf dem Gemälde, nicht in sein heutiges Ebenbild, ein paar Kilometer von jenem Museum entfernt, in dem wir festsaßen – könnte bedeuten, dass wir in der passenden Garderobe dort ankämen. Für Emily hätte das geheißen: die Kinderversion eines Glockenrocks, ein Mieder, ein Korsett, Handschuhe, eine weiße Perücke, Schmuck, möglicherweise sogar ein Hündchen als Accessoire, eines von denen, die auf dem Gemälde aussahen wie der kunstvoll geschorene Abschluss einer Hecke. Vielleicht lägen ja irgendwo außerhalb des Bildausschnittes Kleidungsstücke bereit, die Flüchtlingen aus einem anderen Zeitalter zur Verfügung stünden. Schon mal Getragenes, das dennoch niemand, der derselben Epoche entstammte wie wir, je angehabt hätte.

Konrad (ja, ausgerechnet Konrad!) zeigte daraufhin auf ein Gemälde, das neben der Ansicht des Barockgartens hing. Es stammte von der Hand desselben Künstlers und stellte einen Platz im Zentrum unserer Stadt dar, der sich seit damals noch weniger verändert zu haben schien als der barocke Garten. Als Vergleich stand uns natürlich nur jenes Bild zur Verfügung, das wir in unserer Erinnerung von diesem Zusammentreffen zweier kleiner Straßen gespeichert hatten. Kein Wunder, dachte ich, schließlich hatte es diesen Platz schon eine Weile lang gegeben, ehe der Maler ihn durch seine barocken Augen betrachtet und dem Ablauf der Zeit entrissen hatte. Barock hingegen erschienen die Menschen, die dieses Fleckchen Stadt auf Canalettos Bild bevölkerten. Aber waren es nicht gerade die Menschen unserer Zeit, die uns zu einer Flucht aus derselben bewogen? Im Übrigen lag der vom Maler porträtierte Platz noch näher am Museum als der barocke Garten.

»Ich glaube, ich könnte euch dorthin führen.«

Bei Konrads Worten fiel mein Blick auf einen der auf diesem Bild zahlreicher als in der Parkanlage vertretenen Menschen. Der Mann trug weiße Kniestrümpfe, einen Gehrock und auf dem Kopf eine Perücke mit einer schwarzen Schleife etwa in Höhe seines Genicks. Neben ihm standen zwei weitere Personen, eventuell seine Frau und das Kind der beiden. Ich musste an die Touristenfamilie mit den Rucksäcken denken, die möglicherweise immer noch keine Ahnung hatte, was in diesem Museum tatsächlich vor sich ging, sondern annahm, sie verdankte es einem plötzlichen Wasserschaden oder dem Ausfall einer Lichtschiene, dass sie sich ungestört dem Betrachten der Gemälde hingeben konnte, anstatt bereits zur nächsten Sehenswürdigkeit zu hasten, wie in ihrem Reiseführer empfohlen. Würden sie dem Attentäter mit seinem Dolch begegnen, schickten sie ihn womöglich zu einem Schlachtenbild oder dem Porträt der eleganten jungen Frau mit dem Schwert und kämen gar nicht erst auf die Idee, Reißaus zu nehmen. Viel mehr, als dass einiges dafür sprach, ernsthaft über die Notwendigkeit einer Flucht und dafür geeignete Wege nachzudenken, wussten wir allerdings auch nicht.

Der Mann auf dem Bild zeigte seiner Frau und seinem Kind etwas und hatte, um das zu verdeutlichen, einen Arm ausgestreckt, der von einem Stab – seinem Gehstock vielleicht – verlängert wurde. Auch diese Menschen, dachte ich bei mir, hatten keine Ahnung, was ihnen alles noch bevorstand, während es mir nicht allzu schwer fiele, herauszufinden, womit sie unter anderem zu rechnen hätten (Napoleons Truppen – als deren Bestandteil ich mich, eigentlich uns alle, inklusive der beiden angesichts des Kreuzigungstriptychons betenden Menschen, gerade noch gesehen hatte – würden, fiel mir ein, in ein paar Jahren hier einmarschieren, die Familie, zumal das Kind, könnte das vielleicht noch erleben). Das Gebäude, vor dem die drei standen, beherbergte zu ihrer Zeit, das wusste ich, die Universität. 250 Jahre später würde das nicht mehr so sein. Der Mann deutete jedoch auf die Kirche, die das Plätzchen auf eine andere Seite hin abschloss. Wie er und seine Angehörigen gekleidet waren, ließ für mich keinen Zweifel daran, dass er sie auf ein architektonisches Detail an der damals vor noch nicht allzu langer Zeit fertiggestellten Kirchenfassade hinwies. Eine Raffinesse oder eine ungewöhnliche Abweichung, egal, Hauptsache etwas, das seine Beobachtungsgabe und sein Gefühl für Ebenmaß unter Beweis stellte. Auf den in Grüppchen beieinander stehenden Menschen lag ein Schatten, der von der Enge ihrer eigenen Gassen und der Höhe ihrer Gebäude geworfen wurde. Auch ein Teil der Universität war bereits von Dunkelheit erfasst, während die Kirche beinahe noch zur Gänze davon verschont geblieben war.

In die Wolken am Himmel hatte der Maler ein wenig Grau gemischt, was auf der Leinwand wie Schmutz aussah. Als ich gerade darüber nachdachte, dass zumindest die Wolken in ihrer fortwährenden Veränderung seit damals gleich geblieben sein dürften, meldete sich Tessa zu Wort.

»Lasst uns dorthin gehen, dort sieht es immer noch so aus.«

Während wir uns erst in der komplexen Anlage des barocken Gartens und kurz darauf im Schatten der engen Gässchen unserer Innenstadt verloren hatten, war Tessa bereits ein paar Bilder weiter gesprungen und hatte vor der Ansicht eines *Waldstückes* Position bezogen.

Wir, Wanda, ich und die restlichen Kinder, nahmen unseren Blick – stets begeisterungsfähige Großstädter, in denen sich innerlich wie gewöhnlich längst eine Ermüdung breitgemacht hatte – von diesen zum Greifen nahen und doch unerreichbar anmutenden Zielen und richteten ihn auf die Darstellung einer Baumgruppe mit dichten Laubkronen. Eine Waldlichtung irgendwo an einem von Gott verlassenen Flecken auf dieser Welt. Gleichzeitig, und das schien Tessa anzuziehen, erzählte dieses Stück Natur etwas von einer Unberührtheit, von einer Existenz um der Existenz Willen. Ein schwach in den Erdboden getretener Pfad schien zunächst der einzige Hinweis auf Zivilisation zu sein, deutete andererseits unmissverständlich an, dass diese Lichtung, zumindest für den, der den Versuch unternähme, dorthin zu gelangen, durchaus erreichbar wäre.

»Der Maler hat es ja auch dahin geschafft«, bemerkte Iggy, und einmal mehr kam es mir so vor, als entfalte sich, was einigen von uns gerade durch den Kopf ging, in unser aller Namen zunächst in ihm. Eben noch von seiner eigenen Entdeckung eingenommen, hatte Iggy Tessas Ansatz ohne ein Wort der Erklärung – eine Erklärung, die Tessa ihm nicht hätte geben können – verstanden und beantwortete sämtliche Fragen, die sich, wären sie denn überhaupt gestellt worden, an Tessa gerichtet hätten.

Emily war es dann, die uns auf eine winzige Gestalt aufmerksam machte, die, einen Schlapphut auf dem Kopf und einen Wanderstab neben sich, auf dem Erdboden kauerte wie ein Schatten, der es erschöpft aufgegeben hatte, nach dem Körper zu suchen, von dem er geworfen wurde.

»Und wo soll das sein?«, wollte Konrad wissen.

»Eben dort, wo der Wald ist.«

Anders als zunächst Iggy mit der Parkanlage und dann Konrad mit dem Platz in der Innenstadt, hatte Tessa in dem

Waldstück keinen bestimmten Ort wiedererkannt, sondern uns auf etwas hingewiesen, worüber es nichts Bestimmtes zu wissen gab.

»Der Wald verändert sich nicht. Man sieht ihm nicht an, dass er älter wird.«

Ich dachte kurz darüber nach, ob ich Tessas Worte kommentieren sollte (»Es sei denn, er wird abgeholzt. Wahrscheinlich steht dort heute eine Handvoll schmucker Reihenhäuser«), entschied mich jedoch dafür, die Schönheit ihres Gedankens nicht ausgerechnet jetzt mit einer deprimierenden Wahrscheinlichkeit zu verunzieren.

»Das ist eine großartige Idee, dort könnten wir uns verstecken.«

Ich hatte eigentlich das Spiel gemeint – als Wandas Blick mich mit seiner öden, seiner wie mit Haargel verhärteten Fassungslosigkeit erreichte, war mir jedoch auch bereits aufgefallen, dass unsere gegenwärtige Situation eine andere Lesart meiner Worte nahelegte.

Die einzige, die von unserem Ausflug in die Natur nicht vollends überzeugt schien, war Emily. Skeptisch musterte sie den auf dem Boden kauernden Wanderer. Nicht nur saß er da mutterseelenallein, während die Herrschaften in der Stadt sich gegenseitig Gesellschaft leisteten, seine Kleidung ließ nicht die geringste Spur jener Eleganz erkennen, die insbesondere an den Städterinnen den Eindruck erweckt hatte, sie wären, was ihre Kleidung beträfe, jeder noch so verfahrenen Situation gewachsen. In ihren ausladenden Röcken wäre es den Spaziergängerinnen in der barocken Parkanlage allerdings nicht einmal möglich, sich zu bücken, sollte ihnen etwas herunterfallen, ihr Hündchen beispielsweise, das sich, das Schnäuzchen voll von der gezierten Teilnahmslosigkeit seines Frauchens, unter demselben Rock sowohl ihrem Zugriff als auch ihrem Blick zu entziehen verstünde.

Die hohe Wahrscheinlichkeit, dass der müde Wanderer im Gegensatz zur Stadtbevölkerung gewusst haben dürfte, dass er gemalt wurde, spielte für Emily offenbar keine Rolle. Wenn schon auf einer Aufnahme für die Ewigkeit vertreten, dann doch lieber in einer bezaubernden Version. Einigen ihrer flinken Blicke glaubte ich ablesen zu können, dass Emily erwog, ein wildes Tier könnte in diesem Wald hausen. Die Ungewissheit, wer in den prächtigen Palais, die sich im Hintergrund des anderen Bildes erhoben, finstere Pläne schmiedete, ließ sie diesen Einwand jedoch wohl für sich behalten, wie eine Sprinkleranlage eher verhindert, dass man eine Wiese betritt als eine Tafel mit einem diesbezüglichen Hinweis. Auf dem zu dem Bild mit dem Waldstück gehörenden Schildchen stand mehr oder weniger die gleiche Jahreszahl wie unterhalb der beiden Stadtansichten.

»Ich hätte nichts dagegen«, sagte Konrad, der wie wir alle ebenfalls an der kleinen Menschenfigur mit dem Schlapphut hängen geblieben war. Vielleicht, dachte ich angesichts Konrads Einverständnisses, erinnerte diese ihn ja an einen Charakter aus *Herr der Ringe*.

»Aber er sitzt doch ganz alleine im Dunkeln.«

Damit meinte Emily den Schatten.

»Das liegt daran, dass die Bäume ihm das Licht wegnehmen. Vielleicht ist er aber auch froh, weil es im Dunkeln … angenehmer ist«, hielt Iggy dagegen.

»Hier geht es zurück in einen der größeren Säle.«

Wanda zeigte auf eine offen stehende, unbeaufsichtigte Türe. In meinen Augen bildete ihr Zeigefinger jedoch eine der beiden Klingen einer Schere, mit der Wanda einen aufkommenden Dialog über das Helle und das Finstere abschnitt. Kurz sah ich mich, sah ich uns in das unabänderliche Geschick eines verworrenen Mythos verstrickt, meinte Stimmen von woanders durch die mir vertrauten Münder zu vernehmen. *Einer der großen Säle* wäre demnach der Hauptstrang, dort, wo alles entschieden wurde, und etwas – die Verantwortung – riet mir, außen vor zu bleiben, während etwas anderes – das Verlangen, mitzuwirken – mich drängte, diesen großen Saal zu betreten.

An einer Wand dieses Saales hing übrigens – für uns damals, abgesehen von der künstlerischen Meisterschaft natürlich noch ohne jegliche Bedeutung – eines der beiden Bilder, auf die, wie es später heißen würde, Hussein Y. einen Anschlag hatte verüben wollen und jeden, der sich ihm in den Weg gestellt – so würden manche Quellen berichten –, mit seinem Dolch abgestochen hätte (*wie ein Schwein*, sollte eine Gratiszeitung bald nach den Geschehnissen schreiben, wobei unklar bliebe, wer nun eigentlich mit Schwein gemeint sei).

Bei dem Gemälde handelte es sich um die *Madonna im Grünen* des legendären Raffael, und ich muss zugeben, dass wir dieses Bild bei dieser Gelegenheit – immerhin wäre es um ein Haar die letzte gewesen – nicht gerade eingehend betrachteten. Zwei andere Werke hinderten uns daran.

Wie jemand, der einen Raum voller Leute betritt, erst einmal auf denjenigen zugeht, den er kennt, steuerte ich zunächst sehr wohl die *Madonna* an, über die ich den Kindern und, wenn sie es denn hätte hören wollen, auch Wanda das eine oder andere Wort zu sagen gewusst hätte. Ehe ich nah genug bei ihr war, brachte mich jedoch ein Kreischen Konrads dazu, stehen zu bleiben und mich nach ihm umzusehen. Der Knirps stand kreidebleich vor der Darstellung einer eleganten Frau, die sich gemeinsam mit einem nun wirklich beängstigend aussehenden Ungeheuer in einer Grube befand, aus der es für sie ohne fremde Hilfe kaum ein Entrinnen gab.

»Das ist doch nur die Heilige Margarethe«, sagte Wanda, nachdem sie mit fadenscheiniger Gelassenheit auf dem

Täfelchen nachgesehen hatte, einmal mehr im Glauben, Bildung mache Schrecken zur Gänze überflüssig. Die blau gekleidete Frau war jedoch gar nicht das Problem (Denk einfach mal nach, Wanda!), sondern der schlangenartige Drache, der Riesenwurm, der sein Maul weit aufgerissen und uns zugewandt hatte, sodass wir tief in seinen Schlund sehen konnten, sehen mussten wie in einen Tunnel ohne einen Funken Licht an seinem Ende. Das Untier war mit einer derart lustvollen Brillanz dargestellt, dass ich mich eher an ein Comicbuch oder das Plakat für einen fantastischen Film erinnert fühlte. Das Täfelchen stellte die Urheberschaft Raffaels auch prompt infrage.

Außer Wanda, die vergeblich um Beruhigung bemüht war, schockierte der Anblick dieser Bestie jeden einzelnen von uns. Einige – ich verrate nicht, wer – genossen diesen Schock in gewisser Weise sogar. Falls dem so war, dann jedoch nur, weil er auf dieser Leinwand bleiben, den Rahmen dieses Bildes keinesfalls übertreten würde. Einen souveränen Eindruck machte dennoch nur Margarethe, obwohl sie offenbar bereits einige Zeit mit dem Ungeheuer in der Grube verbracht hatte. Ein naiver Betrachter hätte meinen können, das Biest beschütze seine Holde vor aufdringlichen Blicken aus der dritten Dimension. Margarethe ihrerseits hielt ein Kreuz samt Gekreuzigtem zu ihrem Schutz in der Hand, mit dem sie, laut Wanda – ich konnte, um ehrlich zu sein, nicht lange genug hinschauen, um das zu verifizieren –, dem Ungeheuer längst einen tödlichen Stich verabreicht hatte. Das Biest schrie also nicht, um uns zu verscheuchen und sich unbeobachtet über Margarethe (die Schöne?) hermachen zu können, sondern vor Schmerz. Und sicher auch aus Angst, weil es ihm im Angesicht des Sterbens genauso wenig möglich sein würde, die Grube, in die man es zusammen mit der Heiligen geworfen hatte, zu verlassen.

»Was ist eigentlich eine Heilige?«

Emily wollte das von Wanda wissen, und ich fragte mich, warum sie das nicht schon beim Heiligen Sebastian gefragt hatte. Hatte das etwas mit dem Geschlecht zu tun? Und, falls ja, mit Wandas Geschlecht oder mit dem Sebastians? Nachdem mich das Ungeheuer in seinem elenden Loch hatte schaudern lassen, amüsierte es mich nunmehr, Wanda in jene Grube plumpsen zu sehen, die sie sich mit ihrer Besserwisserei selbst geschaufelt hatte (»Stimmt, Wanda, hat *heilig* eigentlich immer etwas mit Folter und Zerstörung zu tun?«).

»Ist euch aufgefallen, dass die Frau ein nasses T-Shirt trägt?«, bemerkte Iggy in der für ihn typischen herausfordernden Art – als hätte er nichts dagegen, wenn wir ihn, der doch gar nichts dafür konnte, für diesen Umstand verantwortlich machen würden –, und mit einem Mal war die gesamte Anspannung verflogen.

Alle kicherten. Ich kicherte, Iggy kicherte – na klar, am lautesten –, und Emily, Tessa und Konrad kicherten, wobei sie sich, teils aus Verlegenheit, teils aus Unverständnis eher verhalten an diesem Kichern beteiligten. Wanda kicherte nicht. Sie murmelte etwas von der *Heiligen* und Raffael, worauf ich ihr »Raffaels Werkstätte« entgegenhielt und daran denken musste, auf den Innenseiten von Spindtüren in Werkstätten häufig Poster von Pin-up-Mädchen prangen gesehen zu haben, während Drachen und Schlangen beliebte Motive auf jenen Motorhauben waren, unter die Inhaber solcher Spinde häufig ihre Köpfe steckten.

Tatsache war, dass die *Heilige Margarethe* auf dieser Darstellung aus dem Umfeld des Raffael – später sollte ich lesen, dass es offenbar noch eine zweite, eine dezentere Version dieses Motivs gegeben haben soll oder immer noch gäbe – derart eng anliegende Kleidung trug, dass der Betrachter – ich, Wanda und die Kinder – ihre Hüften, die Muskulatur eines ihrer Beine, ihr Knie und sogar eine ihrer Brustwarzen zu erkennen meinte. Ich überlegte mir wieso. Schließlich gehört es zu den Vorteilen von Ausnahmesituationen, und jene, in der wir uns befanden, konnte unzweifelhaft als eine solche bezeichnet werden, dass einem kaum etwas wirklich absurd vorkommt. Obwohl ich weit davon entfernt war, die Situation im Griff zu haben oder auch nur zu wissen, was wir am besten tun sollten – außer, was wir eben taten –, fühlte ich mich genau in der Stimmung, mir Erklärungen für etwas auszudenken, das mir unter anderen Umständen womöglich einigermaßen egal gewesen wäre. Beinahe, sollte mir später dämmern, als würde sich uns ohnedies kaum noch eine Gelegenheit bieten, den Wahrheitsgehalt meiner Worte zu überprüfen, und, falls doch, sollte es sich als unser aller geringstes Problem herausstellen, dass ich mich in diesem oder jenem Punkt ganz schön geirrt hätte. Lediglich Wandas Blicke, die ich bereits zu spüren meinte, ehe Wanda sich dazu entschlossen hatte, sie auszusenden, hemmten die Zügellosigkeit meiner Fantasie. Wanda und ihre Blicke warteten nur darauf, sich einmal mehr über die Nachsichtigkeit meiner Vernunft beklagen zu können.

Ich überlegte also, weshalb Margarethe sich nicht dafür entschieden haben mochte, züchtiger aufzutreten. Weniger wegen des Riesenwurms oder der Grube, beides wandte sich ja irgendwie an ihren Körper, auch nicht aufgrund der Freigabe ihres Anblicks für Besucher und Besucherinnen, die davon irritiert sein mochten – schließlich handelte es sich bei ihrer Erscheinung um Kunst –, ich fragte mich das in Anbetracht der Anwesenheit ihres Herrn, als alle in unserer kleinen Gruppe die knatternde Stimme eines Funkgeräts näherkommen hörten. Wie ein von Worten angetriebener Helikopter schien sie sich auf uns herabzusenken, wurde von einem Aufseher hereingebracht, der aus einem angrenzenden Saal in den unseren bog und das Gerät in seiner Hand hielt wie Margarethe das Kreuz in der ihren. Gebrochen sprach jemand durch dieses Gerät von einem Ort aus, an dem es alarmierend zugehen musste. Wer immer da sprach, selbst als der Aufseher nur noch ein paar Schritte von uns entfernt war, hatte er sich uns kein bisschen genähert. Mit dem, was ich später in Erfahrung bringen sollte, hätte ich mich damals wohl gefragt, ob hier schon mal die für den Notfall vorgesehenen Positionen bezogen wurden, da ja die unmittelbare Umgebung der *Madonna im Grünen* besser eine davon gewesen wäre.

Stattdessen wandten wir uns dem Aufseher, der uns erst bemerkte, als er beinahe schon vor uns stand, mehr noch aber seiner Verbindung mit der Außenwelt, die seine Finger umklammerten, zu. Das kleine Gerät wusste, wie es weitergehen würde. Unweigerlich musste ich an die Radioapparate meiner Kindheit denken, die sich alte Männer an ihre Ohren gepresst hatten, als empfingen sie daraus Nachrichten von dort, wohin sie demnächst aufbrechen würden. Sobald der Aufseher uns gesehen hatte, brachte er sein Funkgerät, dessen wenn auch nicht gerade aufmerksame Augen er offenbar verkörperte, unverzüglich zum Schweigen. Sein Zeigefinger, mit dem er den Dialog aufrechterhalten hatte, ließ den entsprechenden Knopf los. Die Heilige Margarethe interessierte von diesem Moment an niemanden mehr – Wanda inklusive. Die Kinder scharten sich um den Uniformierten, als handle es sich bei den Worten von außerhalb um Süßigkeiten, die er ihnen vorzuenthalten gedachte. Daran wollten sie ihn hindern – ich inklusive.

»Gibt es schon irgendwelche Neuigkeiten?«

Der Aufseher sah mich an, als hätte ich ihn gefragt, ob ich eines der Gemälde kaufen könne.

»Wieso Neuigkeiten?«

»Na, wie es um uns steht. Wann wir hier hinauskönnen.«

»Es gibt da noch ein paar technische Probleme«, antwortete der Mann, wie es ihm das Funkgerät höchstwahrscheinlich aufgetragen hatte.

»Aber Sie könnten doch nachfragen. Vielleicht weiß man schon irgendetwas.«

Während mich der Hinweis auf die technischen Probleme (»*Tschechische* Probleme«, äffte Iggy den Aufseher nach und drückte damit besser als ich, besser als Wanda aus, dass wir, was er sagte, längst nicht mehr ernst nahmen) allmählich ein bisschen wütend machte, verblüffte mich das, was der Uniformierte als nächstes tat, doch insoweit, als ich hernach erstmal Ruhe gab.

»Gibt es schon etwas Neues?«, sagte er in sein Funkgerät, allerdings ohne wie zuvor mit seinem Zeigefinger auf den Knopf zu drücken. Als wäre er um größtmögliche Aufrichtigkeit bemüht, hielt er uns im Anschluss daran das Funkgerät, aus dem erwartungsgemäß keine Antwort kam, hin. Die Kinder warteten gespannt. Auch Iggy schien den Trick nicht bemerkt zu haben. Bei Wanda war ich mir nicht sicher. Ich hatte den Aufseher sehr wohl durchschaut, etwas in mir hielt mich jedoch davon ab, ihn auffliegen zu lassen. Wünschte ich mir, ihm glauben zu können? Hielt ich es für vernünftiger, seiner Strategie zu folgen, anstatt ihn zu Spekulationen zu zwingen?

»Sehen Sie, die wissen auch nichts. Kein Grund zur Beunruhigung«, sagte der Aufseher, und ich bewunderte ihn für den durch und durch glaubhaften Tonfall in seiner Stimme.

»Fragen Sie, ob wir bald hier hinauskönnen«, forderte Iggy den Aufseher auf.

»Wie heißt du denn?«, wollte der offenbar in Krisensituationen geschulte Mann wissen.

»Iggy.«

»Hört mal«, sagte der Aufseher in sein Funkgerät – der Knopf blieb erneut unangetastet –, »ich habe hier Iggy, darf der wenigstens bald raus?«

Iggy konnte es kaum glauben. Die Vorstellung, dass auch nur ein Fünkchen dessen, was da anscheinend gerade vor sich ging, wahr sein könnte, half ihm darüber hinweg, dass etwas in ihm wusste, dass das alles nichts als großer Blödsinn sein konnte. Da Iggy vorerst mitspielte, machten es ihm die anderen Kinder nach, wenngleich keines von ihnen auf die Idee kam, für sich selbst nachzufragen – ich inklusive. Wenn es für Iggy so weit wäre, würden sie sich ihm ganz einfach anschließen. Wanda wiederum schien von dem Gedanken, sich zwischen einer Welt, wie sie sie auf Gemälden abgebildet fand, und einer, die von einem Funkgerät repräsentiert wurde, entscheiden zu müssen, überfordert. Das Funkgerät blieb erwartungsgemäß stumm.

»Tut mir leid, Kleiner. Wird wohl noch ein wenig dauern.«

»Wie viel ist wenig?«, meldete sich Konrad, aber niemand ging auf seine kluge Frage ein.

»Aber sie haben doch gar nichts gesagt!«

Ich konnte aus Iggys Worten heraushören, wie sich sein Wunsch, dem Unerwarteten beizuwohnen, Richtung Vergangenheit verabschiedete, um einer Zukunft im Namen eines Gibt-es-nicht Platz zu machen. Ich spürte in weiten Teilen meines Körpers, wie Iggy sich mit all seiner Unvernunft dagegenstemmte. In seiner Verzweiflung griff er nach Konrad und zog ihn so heftig an sich heran, dass Konrad beinahe ins Straucheln geriet.

»Das ist ein Code, Kleiner. Wenn sie nichts sagen, bedeutet das, es gibt noch keine Entscheidung, was das betrifft«, erklärte der Museumsaufseher.

»Verstehe ich nicht«, warf Konrad ein, um seiner Rolle als Iggys neu hinzugezogener Beistand gerecht zu werden.

»Tja, das ist auch nicht vereinbart worden, um von euch verstanden zu werden.«

Das war Wanda, als hätte sie sich extra Zeit genommen, um sich diesen widerlichen Einwand auszudenken. Man hätte fast glauben können, sie mache – anders als ich, der ich mich den Kindern angeschlossen hatte – mit dem Aufseher gemeinsame Sache, verfüge jedoch nicht annähernd über dessen Hingabe an sein Rollenspiel.

»Kann man so sagen«, sagte der Museumsmitarbeiter und: »Wir nennen das einen Code Zero. Auch wenn keine ernsthafte Gefahr besteht«, und dabei schaute er Wanda tief in die Augen, ich gehörte für ihn zweifellos zu den Kindern und sollte gemeinsam mit diesen hinters Licht geführt werden, »wird mit Worten so sparsam wie möglich umgegangen.«

Und warum haben Sie dann vorher extra wegen Iggy nachgefragt?, hätte meine Frage gelautet, ich behielt sie jedoch für mich. Mehr als die Antwort des Aufsehers – auf die wäre ich sogar gespannt gewesen (»Das Funkgerät geht sparsam damit um, hineinsagen kann ich so viel ich will«) – fürchtete ich Wandas Reaktion (»Du findest das wohl auch noch lustig«). Wanda, die Aufseherin im Museum der Scheinheiligkeit. Wer sich zu nah an eines der Exponate wagt, wird mit einem abstoßenden Argument weggescheucht.

»Wenn die Zentrale nicht reagiert, gibt es keine neuen Erkenntnisse, und es gilt der zuletzt ausgegebene Einsatzplan.«

Ich fragte mich, ob der Aufseher in den zahlreichen Stunden, die er in diesen von Kreativität aufgeladenen Räumlichkeiten verbrachte, mitunter davon träumte, das Mitglied eines Einsatzkommandos zu sein. Ob ich an seiner Stelle davon geträumt hätte? Eher nicht, ich hätte mich lieber in einer der auf den Bildern dargestellten Szenerien wiedergefunden. Mein Blick fiel auf ein ansehnliches Querformat, etwa einen mal eineinhalb Meter, auf dem ein junger Mann in einer Ritterrüstung – den Helm hatte er vorsorglich abgenommen – eine junge Frau mit entblößten Brüsten im Arm hielt. Schmachtend blickte sie an ihm vorbei auf ein Engelwesen, das je einen Kranz über den Köpfen der beiden schweben ließ. Der Mann (Kriegsgott Mars, verkleidet als Ritter?) seinerseits schaute nicht auf die junge Frau (Liebesgöttin Venus, das Burgfräulein?), die an seine Schulter gesunken war und eine seiner beiden Hände ergriffen hatte, sondern auf eine Frucht, die ihre andere Hand gerade von einem Baum pflückte. Ich hatte keine Ahnung, wer das gemalt haben mochte, das Bild diente meiner Vorstellung lediglich als Beispiel, in welche Form von Geschehen ich mich weit lieber blenden würde als in ein Einsatzkommando im Krisenfall. Ob, fiel mir plötzlich ein, die Frucht (eine Zitrone, eine Marille?), die das laszive Burgfräulein da von dem Bäumchen heruntemahm, auf den berüchtigten Apfel anspielen sollte? Aber Mars und Venus waren doch Anspielung genug.

»Ich habe eine Idee«, sagte der Aufseher mit dem Funkgerät in seiner Hand zu den Kindern, von denen ich mich auf meinem Ausflug in die Minne gedanklich wieder ein Stückchen entfernt hatte.

»Warum geht ihr nicht zu den *Kinderspielen*, da ist doch mit Sicherheit auch für euch etwas dabei.«

Wanda sah zu mir herüber, und in ihrem Blick meinte ich zu lesen, dass sie irrtümlicherweise davon ausging, in dem Museum gäbe es so etwas wie eine Spielecke, in der Kinder beschäftigt würden, während ihre Eltern sich die Bilder anschauten. Ich kannte solche Orte aus dem einen oder anderen Kaufhaus und aus dem Technischen

Museum, wo allerdings simple Nachbildungen technischer Abläufe eine gewisse Lernfunktion erfüllten. Ob sich in diesem Museum irgendwo Bildlandschaften nachgebaut fanden? Vergrößerte Kopien von Gemälden mit Löchern statt den Gesichtern der Protagonisten, sodass man, dahinter Aufstellung genommen, sein eigenes hindurchstecken könnte? So kämen die Kinder gefahrlos in den Genuss, mit einem Krokodil zu balgen, und ich würde es zu einem Rendezvous in einer Ritterrüstung bringen. Zwar nur für ein Foto, nur für einen Anblick, aber auf den jeweiligen Gemälden verhielt es sich schließlich auch nicht wesentlich anders.

Der Aufseher sprach jedoch von einem ganz bestimmten Bild. Ich verstand ihn und hielt das für eine ausgezeichnete Idee. Als respektiere ich den Code der Wortlosigkeit, nickte ich ihm zu und schaute Wanda an, schloss allerdings meine Augen, was so viel hieß wie, sie könne mir blind vertrauen. Ich hatte von jenem Bild gehört, der alte Bruegel, den wir schon von dem *Turm zu Babel* her kannten, galt als sein Schöpfer. Ehe ich mich nach dem kürzesten Weg zu diesem Gemälde erkundigen konnte, hielt der Aufseher sein Funkgerät in Richtung jener Türe, durch die er wenige Augenblicke zuvor hereingekommen war, und die aus dem Apparat wachsende Antenne wies uns, nach wie vor stumm, den Weg.

Diesmal lief niemand voraus. Wir bewegten uns wie ein Geschwader, als hätte das Funkgerät uns zugeflüstert, beieinander zu bleiben, unsere Augen füreinander, für die Gruppe einzusetzen. Unsere Blicke schwärmten in sämtliche Richtungen aus, und mir fiel ein, wie Iggy sich zuvor beim Laufen immer wieder zu Konrad umgedreht hatte. Prompt blickte ich zurück, als hielte ich nach der verwirrten Frau Ausschau, von der verfolgt zu werden mir wie ein Abenteuer unserer Kragenweite vorkam. Da sie sich nirgends blicken ließ, nahm ich an, sie habe im Beten vorläufig ihre Erfüllung gefunden. Kurz überlegte ich mir – das weiß ich noch, ich spekulierte also auch bereits mit einem terroristischen Hintergrund –, ob es wohl vorteilhaft wäre, von einem religiös fanatisierten Attentäter ausgerechnet beim Beten angetroffen zu werden. Ob ihn das stutzig machen würde, wie einen Bankräuber, den sein klammheimlich gegrabener Tunnel nicht in den Tresorraum bringt, sondern in eine Gefängniszelle? Dann fiel mein Blick jedoch auf eine Szene, die mir bekannt vorkam.

Erneut handelte es sich um ein Picknick, und ein weiteres Mal betrachtete ich es nur im Vorbeigehen, als gestatte es mir meine momentane Aufgabe – die Sicherheit der Gruppe – nicht, stehen zu bleiben und das, was auf dem Gemälde geschah, eingehend zu betrachten. Diesmal wurde das Picknick, so viel konnte ich erkennen, nicht von Bauern, sondern von Angehörigen der besseren Gesellschaft ausgerichtet. Sie hatten sich auf einer hügeligen Waldlichtung versammelt, welche die rechte Hälfte der Bildfläche einnahm. Eine Diagonale, gebildet vom Grat des Hügels und den Kronen der Laubbäume, zog sich von links unten nach rechts oben und schnitt die lustwandelnden Edelleute, die sich in affektierten Gesten ergingen, von einer in den blauen Farbton einer Träumerei getauchten Stadtlandschaft ab, wie jene Furche zuvor die Betenden von der Kreuzigung getrennt hatte. Die Stadt war derart detailliert geschildert, dass es sich wohl um eine ganz bestimmte handelte, während die vornehme Gesellschaft frei erfunden war. Die Figuren, die, dachte ich gleich, hervorragend in den barocken Garten gepasst hätten, sahen einander auffallend ähnlich. Als gäbe es nur einen Männer- und nur einen Frauenkopf. Kombiniert mit verschiedenen Variationen von Bekleidung traten sie jeweils in einer von ein paar zur Verfügung stehenden Körperhaltungen in Erscheinung. Hätten sie alle das Gleiche angehabt, hätte das ausgesehen, als rasten zwei Figuren über die Bildfläche und wären im selben Moment überall zu finden. So aber fühlte ich mich an Kleiderpuppen erinnert, an denen mehrere Möglichkeiten vorgeführt wurden. Mehr ließ sich aus dem Bild von mir nicht lesen, vielleicht noch, dass die Edelleute im Gegensatz zu den Bauern, die für ihre Mahlzeit die Arbeit unterbrochen hatten, eigens in die Natur gegangen waren, und die Natur sie mit einer gewissen Skepsis empfing. Das weiße Tuch etwa, das die Picknick-Gesellschaft ausgebreitet hatte, um ihr elegantes Geschirr darauf zu arrangieren, schien sich nicht an den Erdboden schmiegen zu wollen. Es zierte sich, schwebte steif einige Zentimeter über der Wiese wie ein Teppich aus Tausendundeiner Nacht, erinnerte mich, der ich es nur im Vorbeigehen sah, an einen Herd mit Kochplatten, wie es ihn erst Jahrhunderte später geben sollte, aber da zog es mich, selbst Teil eines größeren Zusammenhangs, schon weiter, wie die Jahreszeit oder der Monat, den diese Darstellung repräsentierte, vorübergingen.

Um die *Kinderspiele* zu erreichen, mussten wir zwei, drei weitere Säle durchqueren – alle menschenleer, abgesehen von den verschiedenen Figuren auf den Bildern. Deren Personal wiederum bestand vorwiegend aus leicht bekleideten Frauen, Militärs, Glaubensfanatikern, Besoffenen, Schlafenden – sie schliefen gar nicht, sondern waren tot, irgendwann wurde mir das viele Sterben jedoch, zumal beim schnellen Durchschreiten, einfach zu viel. Besoffen war wohl auch nur einer, der Gott der Wirtshäuser, die anderen siechten, litten, darbten. Als eine Art Höhepunkt fungierte das Brustbild eines Mannes ganz aus Utensilien, die man mit dem Wort Feuer verbindet (Lunte, Zünder, Docht, Pistole …, »Ist das ein Superheld?«, lautete Konrads Frage, »Hm … na klar«, meine fachkundige Antwort). Schließlich standen wir vor einer Holztafel, die im Verhältnis zu den übrigen Gemälden in diesem Museum ein eher durchschnittliches Format aufwies (Konrad: »Wie die Tischtennisplatte in der Schule «), dafür umso dichter bemalt war (Iggy: »So ein Blödsinn, wie eine Wanderkarte«), und aufgrund all dessen, was darauf los war, ganz einfach größer sein musste, als ihre physische Ausdehnung uns glauben machen wollte. Die breite Straße eines Städtchens verlief auf den Bildhintergrund zu und war übersät mit Kindern – Tessa zählte sie, Emily ließ ihren Blick von einem zum nächsten gleiten –, die im ersten Moment allesamt absurd anmutenden Tätigkeiten nachgingen. Die meisten waren zu zweit oder in kleinen Grüppchen zugange, manche von ihnen auch mit sich selbst beschäftigt. Fast alle hantierten mit einem Gegenstand. Wir sahen: Reifen, Fässer, Stelzen, vieles, das sich uns nicht erschloss, aber auch Kinder, die sich gegenseitig an Körperteilen zogen, sich in Verrenkungen ergingen, Purzelbäume schlugen, einen Kopfstand versuchten. Die Kinder hatten dieses Städtchen allem Anschein nach übernommen und in ein Tollhaus verwandelt, in einen Marktplatz der Ausgelassenheit. So sähe es in etwa aus, wenn Kinder es übertragen bekämen, zu bestimmen, oder ihre Eltern – vielleicht im Gefolge eines raffinierten Menschenfängers – sich entschieden hätten, die Stadt zu verlassen. Anders als die Gemälde zuvor entführte uns jenes mit den *Kinderspielen* nicht nur in eine vergangene Zeit – das dürfte ihm schließlich nicht immer im selben Maße gelungen sein, irgendwann war es ja zweifellos neu gewesen –, es präsentierte uns, ohne etwas dazu zu erfinden, den Anblick einer Szenerie, zu der es so nie kommen würde. Es war, als habe sich der Platz des Städtchens in eine Arche Noah verwandelt, mit dem Ziel, mindestens eine Ausführung jedes damals gängigen Zeitvertreibs für Kinder zu versammeln, ehe die Sintflut des In-Vergessen-Geratens in der Lage wäre, sie aus unserem Bewusstsein zu spülen. Iggy hatte mit seiner Wanderkarte gar nicht so Unrecht.

Als wir genauer hinschauten, erkannten wir – zumindest Wanda und ich erkannten es –, dass es sich bei den zahlreichen Beschäftigungen um die von dem Museumsaufseher und seinem Funkgerät angesprochenen *Kinderspiele* handelte, von denen einem einige doch zweifellos noch geläufig waren (Konrad: »Einen Reifen treiben? Blinde Kuh? Hä?«, dann verfiel er in fassungsloses Schweigen). Der Umstand, dass nirgendwo ein Bildschirm, eine Spielkonsole oder eine Virtual-Reality-Brille zu sehen waren, rückten einige von uns (Wanda, mich) in die Nähe der Vertreter des Spätmittelalters, obwohl die da auf dem Bild viel jünger waren als wir, während die Kinder in unserer Gesellschaft einer völlig neuen Generation entstammten. Aus ihren Augen schaute hier die Zukunft auf ihre eigene Vergangenheit, die auf diesem Gemälde in etwa in ihrem Alter zu sein schien, außerhalb der Bildfläche hingegen – verkörpert von mir und Wanda – unbestreitbar bereits Rost angesetzt hatte.

Wanda zeigte sich von diesem Bild besonders angetan. Geduldig ließen sich Emily, Tessa und vorübergehend sogar Iggy einiges von ihr erklären (»Ich hatte früher auch eine Puppenstube«). Die Kinder gaben sich interessiert, belustigt, wobei ich den Verdacht nicht loswurde, es handle sich dabei um so etwas wie Höflichkeit (»Hattest du denn kein eigenes Zimmer?«), einem dezenten Hinweis vergleichbar, dass man gar nicht online sei, oder einem verstohlenen Kichern angesichts aus ihrer Verankerung geratener dritter Zähne.

»Also gut, welches Spiel würdet ihr gerne mal probieren? Emily, du fängst an.«

Diese Form von Zuwendung hatten sich die Kinder selbst eingebrockt. Jemand wie Wanda, jemand, der mit

Vorliebe Bescheid wusste, ließ sich angesichts einer Kombination von Bildung und Kindlichkeit freilich nicht lange bitten. Ich lehnte mich amüsiert zurück, wusste ich doch, dass ich, wenn überhaupt, als letzter an die Reihe käme und dann, zur Überraschung aller, Pinkeln wählen würde (»Wie bitte?«, »Seht doch selbst, links in der Mitte, da an der Mauer«, »Ach, stimmt ja, pfui«).

Erwartungsgemäß fiel es den Kindern schwer, überhaupt etwas zu erkennen (»In ein äh … Fass hineinschauen?«), dass irgendetwas davon mit Spaß zu tun hatte, können sie nicht wirklich angenommen haben. Bald hatte sich die Suche nach ihren Favoriten in ein Erraten merkwürdig anmutender Tätigkeiten verwandelt (»Fehlen jemandem, der auf Stelzen geht, eigentlich die Beine?«). Während Emily sich redlich bemühte, die ihr gestellte Aufgabe zu erfüllen, war Iggy mit seiner Schlagfertigkeit und seiner Vorliebe für Unsinn bald ganz in seinem Element. Tessa schien sich prächtig zu amüsieren, als sehe sie Äffchen beim Versuch zu, sich wie Menschen zu benehmen. Ob die Kinder dem Umstand, dass es hier ausschließlich um ihresgleichen ging, misstrauten? Ob sie – Iggy intuitiv, Tessa dank ihrer Gabe, die Gegebenheiten anders zu interpretieren als vorgesehen, Emily wahrscheinlich eher nicht –, ob die Kinder begriffen, dass Erwachsene diese Vision für andere Erwachsene entworfen hatten, damit diese – siehe Wanda – sie jenen Kindern zeigen konnten, die sie selbst einmal gewesen waren? Sie begriffen es, und sie begriffen es nicht, schließlich hatten sie noch nicht gelernt, nicht mitzuspielen.

Und Konrad? Richtig, wo war eigentlich Konrad?

In ihrer unbändigen Lust, den Kindern zu erklären, dass es alles (»Alles!«) schon einmal gegeben habe, und das meiste davon früher sogar irgendwie menschlichere Züge gehabt habe (»Stelzen sind dazu da, die Beine, die man hat, zu verlängern«), hatte Wanda glatt übersehen, dass unser Kleinster sich nicht mehr unter ihren Zuhörern befand. Ich hätte natürlich auch darauf achten können, dass alle zusammenbleiben. Genau das schien Wandas Blick auszudrücken, in dem sich Verzweiflung (linkes Auge) und Vorwurf (rechtes Auge) die Waage hielten. Ich hob eine Hand, streckte den Zeigefinger aus, was vieles bedeuten konnte, unter anderem auch, dass ich etwas wüsste, dass Wanda einfach fortfahren, sich nichts anmerken lasse möge, während ich mich darum kümmern würde, nach Konrad zu sehen und ihn zurückzubringen, damit auch er sich ein Lieblingsspiel aussuche. Meine Geste beinhaltete aber auch, quasi in Klammer, dass Wanda gar nicht erst in Hysterie zu verfallen brauche, dass sie sich besser in Zurückhaltung übe, anstatt mir, dem einzigen anderen Erwachsenen, vorzuwerfen, fahrlässig gehandelt zu haben. Manchmal, fuhr mein Zeigefinger fort, manchmal würden sich die Dinge ganz von alleine klären.

Mit diesem in Anbetracht einer Situation wie der, in der wir uns befanden, vielleicht allzu optimistischen Hinweis zog ich mich, damit nur ja die restlichen Kinder, die nach wie vor verdattert auf jenem spätmittelalterlichen Spielplatz herumstanden, nichts davon mitbekamen, so unauffällig wie möglich von unserer Gruppe zurück und steuerte den benachbarten Saal an. Aus dem Augenwinkel heraus sah mir Wanda zu, wie ich mich, als wäre weiter nichts geschehen, auf die Suche machte, und ihr scharfer Sehstrahl – als beschleunige ihr Daumen einen aus dem Schlauch drängenden Wasserstrahl – ließ mich spüren, dass sie am liebsten auf der Stelle in Ohnmacht gefallen wäre. Nicht nur im Namen des plötzlich abgängigen Konrad, nicht nur, weil das Inventar ihrer Kindheit Kinder heute an einen fremden Planeten (bewohnt von Äffchen) denken ließ, nicht einmal, weil wir hier nicht hinauskonnten, mochten wir auch so tun, als bräuchten wir ohnedies noch ein bisschen Zeit für die vielen Bilder, die eigenartigen Menschen, die wortkargen Funkgeräte, sondern aufgrund all dessen gemeinsam. Konrads Abwesenheit wäre also bloß eine günstige Gelegenheit gewesen, den Widerstand scheinbar ihm zuliebe aufzugeben. Wortlos hob ich meinen Zeigefinger. Die Notwendigkeit, sich nichts anmerken zu lassen, zwang Wanda, mit dem Erklären archaischen Kinderspielzeugs fortzufahren, während ihr liebstes Spiel doch daraus bestanden hätte, die Besinnung zu verlieren.

Obwohl in dem Saal, den ich nun betrat, einige der prächtigsten Bilder hingen – ich erwähne hier nur ein Schlachtenbild, das sich bei genauerem Hinschauen als Darstellung eines regelrechten Gemetzels offenbarte und in der Harmonie seiner Komposition, der präzisen Linienführung und einer ebenso eindringlichen wie nüchternen Farbgebung nicht nur etwas wahrlich Meisterhaftes, sondern etwas durch und durch Menschliches aufwies –, war es etwas anderes, das mich, gleich nachdem ich die Schwelle übertreten hatte, beinahe magisch anzog. Jemand hatte ein Segment des hölzernen Fensterverschlags – ansonsten in diesem Museum schon aufgrund der für das Betrachten der Bilder dadurch günstigeren Lichtverhältnisse durchwegs geschlossen – geöffnet und offen stehen gelassen. Als bemühe sich an dieser Stelle das Gebäude, eines seiner Augenlider, die ihm den Vorschriften gemäß und von innen her verschlossen worden waren, aufzubekommen. Ich stürzte sofort hin und blickte durch das gut zwanzig Quadratzentimeter große Segment einer von einer Schmutzschicht eingetrübten Fensterscheibe hinunter auf den Platz vor dem Museum.

Was sich mir dort offenbarte, schien meine schlimmsten Befürchtungen zu bestätigen. Polizeiwagen, Rettungsautos, mobile Medienstationen, provisorische Versorgungseinrichtungen, eine Vielzahl von Menschen – so anders als die verhältnismäßige Leere hier drinnen. Während sich in diesem Stockwerk alles, ob an den Wänden oder auf dem Parkett des Museumsbodens, in Geduld übte, schienen sich draußen in der sogenannten Freiheit alle an einem Punkt versammelt zu haben, traten auf der Stelle, liefen auf und ab wie dressierte Raubtiere hinter den Gitterstäben ihrer unbändigen Neugier. Die blauen und gelben Alarmlichter auf den Dächern der Einsatzwagen drehten sich blinkend um die eigene Achse, wodurch das Chaos in gewisser Weise ausgelassen wirkte. Ich musste an die *Kinderspiele* denken. Uniformierte rückten ihre Helme in Position. Anzugträger zogen ihre Krawatten zurecht, Kostümträgerinnen mit flugs zurechtgemachten Frisuren liefen umher, sprachen in Mikrofone, schauten mit ernsten Gesichtern in Kameraobjektive, telefonierten, alle telefonierten, als wären direkte Gespräche nicht möglich, weil sie, sich gegenseitig berührend, fortwährend aneinander vorbeiliefen, und plötzlich überfiel mich die Vision, jemand hielte mir, dem Augenzeugen, demjenigen, der auf der Suche nach dem Jüngsten in seinem Gefolge soeben an einem regelrechten Gemetzel vorbeigegangen war, wie aus dem Nichts hier drinnen ein Aufnahmegerät unter die Nase.

Welches Verbrechen, welches Unglück, welche Katastrophe mir denn nun die liebste wäre. Ein Erdbeben, ein Kunstraub im großen Stil, der Verdacht auf eine ansteckende Krankheit, eine hinter einer der Leinwände verborgene Bombe? Verletzte konnte ich keine ausmachen. Feuerwehrautos und Quarantänezelte ebenso wenig.

Am meisten fürchtete ich mich, antwortete ich dem imaginären Interviewer, vor Attentätern, die, den Kopf voll wirrer Ideen, wild um sich schießend durch die Ausstellungssäle zögen. Amokläufer im Auftrag irgendeiner Verschwörungstheorie. Einer Religion, eines Unternehmens, einer Weltanschauung, eines Limonadenherstellers oder einer Bekleidungsmarke. Auf einigen der Gemälde hatte ich mir – kam mir zumindest vor – derartige Charaktere abgebildet gesehen. Ich musste an das Victory-Zeichen der schwer verletzten Terroristin aus den 1970er-Jahren denken. Ein solches war mir an keiner Figur auf einer der Leinwände oder Holztafeln in diesem Museum aufgefallen.

Am liebsten, sagte ich zu mir und den gemalten Figuren um mich herum – darunter ein Kaufmann aus dem 16. Jahrhundert, der mich die ganze Zeit über aus zusammengekniffenen Augen zu mustern schien und auf ein Schreiben, das er in der Hand hielt, deutete, als wolle er mir etwas mitteilen –, am liebsten wäre mir ein Verdacht, der sich alsbald als unbegründet herausstellen sollte. Falscher Alarm, eine übertriebene Vorsichtsmaßnahme, über die man im Nachhinein sagen würde, es wäre immerhin besser gewesen, sie einmal zu oft als im entscheidenden Moment nicht ergriffen zu haben.

Auf alle Fälle hatte sich niemand in den Museumsräumen verschanzt, dachte ich. Schließlich wäre da draußen ansonsten ein Belagerungszustand zu beobachten. Spezialeinheiten, die aus der Deckung heraus Kommandos brüllen, gepanzerte Sicherheitsleute, ihre Waffen im Anschlag, kniend wie der Mann und die Frau vor der Kreuzigung ihres Herrn, zu denen sich die verwirrte Frau gesellt hatte. Das da draußen hatte beinahe etwas von einem Rummel, einem Jahrmarkt der Informationen.

Umgeben von lauter gemalten, zu ewiger Geduld verurteilten Figuren, beschlich mich das Gefühl, das, was auf dem Platz vor dem Museum verarbeitet werde, sei im Grunde bereits vorbei, jedoch noch nicht zur Genüge ausgekostet, das Bild noch nicht ausreichend eingeprägt. Einsatzkräfte zeigten nach oben und schüttelten ihre Köpfe. Wahrscheinlich gab es Vermisste. Konrad zum Beispiel.

Wie ein Voyeur, der befürchtet, bei einem verbotenen Blick ertappt zu werden, duckte ich mich vom Fenster weg. Hatten die beiden auf mich gezeigt? Schüttelten sie ihre Köpfe, weil ich, anstatt Konrad zu suchen, unbedingt auf etwas hatte schauen müssen, das vorläufig noch nicht für mich vorgesehen war? Auf die Zukunft? Darauf, wie sich eine Situation schließlich auflösen würde, die noch gar nicht an ihr Ende gekommen war? Aber schließlich war es das Gebäude, das nicht dichtgehalten hatte.

Als ich mich wieder meiner vordringlichen Aufgabe besann, nämlich nachzuschauen, wo Konrad bloß geblieben sein könnte, streifte mein Blick erneut das Porträt des Kaufmanns. Hatte er einen Hinweis für mich auf Lager? Zeigte er auf etwas, das mir bei meiner Suche weiterhelfen würde? Seine Augen sahen mich eindringlich an, schienen jedoch nicht in der Lage, mich wahrzunehmen. Sein Antlitz, das größtenteils aus Kleidung und Schmuck bestand, präsentierte sich auf dem Bild in einer Genauigkeit, die sowohl in der Malerei (die Oberfläche der Stoffe, die verspielte Lineatur seiner Notizen, ein Federkiel) als auch in jenem Aussehen, das der Malerei als Motiv gedient hatte (das Ebenmaß seiner Stirnfransen, die Gepflegtheit seiner Fingernägel, erneut der Federkiel, der mich an einen Apachen denken ließ), begründet lag. Sowohl dem Mann wie auch dem Bild war der Wunsch abzulesen, die Wirklichkeit zu verbessern, das Sein sowie das Gewesen-Sein prägnanter ausfallen zu lassen, als sie es jemals waren oder auch nur hätten sein können. Ehe ich endgültig nach Konrad Ausschau hielt, trat ich an das zum Bild gehörende Täfelchen, informierte mich diesmal jedoch nicht über den Maler oder das Entstehungsjahr, sondern über den Abgebildeten, der vergeblich versuchte, mit mir Kontakt aufzunehmen (Dirck, der Vorname muss hier genügen, Dirck aus Duisburg).

Ich weiß nicht warum, aber mir war klar, dass der Maler Dirck nicht dargestellt hatte, weil er ihm als Motiv für ein Porträt besonders geeignet erschienen war – in gewisser Weise konkurrierte Dircks in Details verliebtes Aussehen sogar mit jener darstellerischen Meisterschaft, die sich unbedingter Präzision verschrieben hatte –, sondern dass Dirk selbst der Nachwelt auf einem Bild hatte erhalten bleiben wollen. Insofern machte auch der Aufwand Sinn, mit dem er sich für das hier hängende Porträt in Szene gesetzt hatte. Die Kleidung, die Frisur, die Fingernägel – das war kein Zurechtmachen, das bis zum Abend reichen sollte, sondern eine Inszenierung, die darauf angelegt war, ein paar Jahrhunderte vorzuhalten.

Einmal mehr lag die Ironie darin, dass Dircks Bild gar nicht hier hing, weil er ein Bild von sich hatte anfertigen lassen, sondern weil ein ganz bestimmter Künstler – Hans Holbein nämlich – sich mit dem Malen dieses Porträts hatte beauftragen lassen. Und doch war es Dircks Entscheidung gewesen, diesen Künstler, dessen Zeit ihn womöglich noch gar nicht als jenen Meister betrachtet hatte, den die Zukunft erst in ihm erkennen sollte, mit dieser Aufgabe zu betrauen, die schließlich dazu geführt hatte, dass er, Dirck aus Duisburg, nunmehr als Beispiel eines damaligen Aussehens von Menschen (Kaufmännern), meisterhaft gemalt natürlich, in diesem Museum ausgestellt wurde. Beinahe als hätte Dirck, wie zuvor ich, einen Blick auf etwas geworfen, das zu jener Zeit noch gar nicht abzusehen war.

Dircks vermeintlicher Hinweis brachte erwartungsgemäß nichts, eine solche Hilfe war indes auch nicht unbedingt nötig. In diesen Räumen konnte man ohnedies alles sehen, egal wo man hinschaute. Und wenn das, was man sah, sich nicht als das Richtige herausstellte, ging man einfach ein paar Meter in die eine oder andere Richtung und schaute erneut. Schon bald erblickte ich Konrad. Er stand vor einem Gemälde und schluchzte, sodass ich, emotional vielleicht noch bei Dirck, den Eindruck hatte, Konrad bedauere es einmal mehr, nicht in das Bilderreich steigen zu können.

»Konrad«, rief ich aus, und Konrad antwortete mir mit einem Blick und einem Schluchzer.

Als ich über behutsam knisterndes Parkett auf die beiden, Konrad und das Bild, zuging und sehen konnte, dass die Leinwand von einer hochaufgeschossenen Gestalt beherrscht wurde, hatte ich den Eindruck, der Bub besuche die Sprechstunde eines Wesens aus einer anderen Welt, finde mit seinem Anliegen aber offensichtlich nicht entsprechend Gehör. Als Konrad mich bemerkt hatte, war die weinerliche Miene einen Augenblick lang aus seinem Gesicht verschwunden – wohl weil sie in der Welt, in die ich gehörte, nichts zu suchen hatte. Sobald er sich jedoch wieder dem Gemälde zuwandte, gewann – als tadle das Bild ihn für diese kurzfristige Unaufmerksamkeit –, offensichtlich beeinflusst von dem, was ihm auf diesem wieder begegnete, seine Traurigkeit erneut die Oberhand.

Gleich darauf war ich aber auch schon da, bezog hinter Konrad Position und fasste ihn an beiden Schultern, wie eine ältere, eine zukünftige Ausgabe seiner selbst. Nunmehr schauten wir gemeinsam auf das Gemälde. Es zeigte einen geflügelten Jüngling, der sich mit einem gewaltigen Messer an einem Stück Holz, das es an Hochaufgeschossenheit beinahe mit ihm aufnehmen konnte, zu schaffen machte. Ich erkannte, dass es sich um einen hölzernen Bogen handelte, welcher denjenigen, der daran schnitzte, als Amor auswies. Amor, der Liebesgott, der sein Messer routiniert wie ein Metzgerlehrling in seinen Händen hielt. Irgendetwas – Konrad? Konrad und ich? – hatte ihn dazu veranlasst, innezuhalten und sich uns zuzuwenden. Jene seinem Jünglingsgesicht wie gewöhnlich eingeschriebene Unschuldsmiene stand in krassem Gegensatz zu der Art, in der er das Messer hielt und wohl eben den kunstvoll gefertigten Bogen entlanggeschickt hatte. Die Eleganz in dessen Schwung ließ diesen Gegensatz jedoch gleich wieder verschwinden, verband Unschuld und Gewalt zu einer ursprünglich anmutenden Getriebenheit.

Für Staunen sorgte hingegen ein buntes Flügelpaar, das aus Amors Schultern wuchs, seiner Erscheinung jedoch nicht unbedingt etwas Engelhaftes verlieh, sondern – mich jedenfalls – annehmen ließ, ein Papagei oder ein anderer Paradiesvogel sei von hinten in den jungen Gott hineingeknallt. Kopf und Rumpf wären demnach in seinen Oberkörper eingedrungen, die beiden Flügelchen, wie um sie bei dieser Gelegenheit mal auszuprobieren, außen drangeblieben. Ich musste an Amors hinduistisches Pendant Kama oder Kamadeva denken, von dem es hieß, er reite auf einem Papagei oder Kuckuck durch die Gegend und schieße seine Liebespfeile von einem solchen Tier herunter ab. Sahen wir einem Liebesgott dabei zu, wie er sich in einen Papagei verwandelte? Weinte Konrad deswegen?

Nein. Es war auch nicht das Messer – wobei mir, im Nachhinein darüber nachgedacht, schon ein wenig anders wird, da Hussein Y., von dem ich später eine Art Passfoto sehen sollte, ebenfalls ein Jüngling war und versucht hatte, mit einem Messer in die Museumsräume einzudringen, Konrad machte so etwas wie eine Hintergrundszene dieses Bildes zu schaffen: Bezeichnenderweise spielte die sich wieder in der unteren Region und damit in Konrads Nähe ab. Zunächst war da zu sehen, dass Amor seinen Bogen und einen seiner beiden Füße auf Büchern abgestellt hatte, wie um zu demonstrieren, dass die in bestimmten Situationen niemandem weiterhelfen würden. Das kümmerte Konrad jedoch nicht unbedingt, hatte ihn neben dem Messer, dem Bogen und Amors Alter, das in etwa dem Iggys zu entsprechen schien, an dem Bild wohl eher angezogen. Amors Schritt jedoch gab den Blick auf zwei Kinder frei, von denen eines bitterlich weinte. Seine Stimmung schien auf Konrad übergegangen, obwohl das Kind, ein Mädchen, bei genauerem Hinschauen eigentlich gar nicht weinte, sondern ihr Gesichtchen Ekel, Widerstand und eventuell auch Verzweiflung ausstrahlte. Sein männliches Pendant, ein Bub, dessen Miene einen eher heiteren Eindruck machte, zwang es, indem er des Mädchens Schulter umfasst und seinen Arm ergriffen hatte, Amors Bein zu berühren. Die Spielgefährtin des Buben wollte das nicht, würde sich jedoch, da gab es kaum einen Zweifel, früher oder später fügen müssen. Mich ließ dieser Abschnitt des Bildes ebenfalls nicht kalt. Anstelle von Konrads Traurigkeit empfand ich allerdings Abscheu. Irgendjemand – der Maler, der Auftraggeber, das Publikum – empfand so etwas seinerzeit, wie es aussah, als humorvoll. Anderen ging es wahrscheinlich heute noch so, mit dem Unterschied vielleicht, dass sie dies anders als damals nicht unbedingt zugeben würden. Das Mädchen wurde von einem Buben – dessen Flügel übrigens eher etwas Engelhaftes an sich hatten als die seines Meisters – gezwungen, die Beine eines nackten Jünglings zu berühren. Konrad sah und verstand das Weinen des Mädchens, während ich in all den Jahren, die ich Konrad voraus hatte, offenbar gelernt haben sollte, mich an dieser rührenden Aussichtslosigkeit zu erfreuen. Hinter den beiden Kindern war nichts anderes zu sehen als das Schwarz grenzenloser Finsternis.

Was, sollte ich später denken, wenn ich damals eine Spraydose bei mir gehabt hätte? Aus Furcht vor den hohen Restaurierungskosten und der Aussichtslosigkeit, für alle Zeit unsichtbar zu machen, was da zu sehen war, hätte ich sie wohl nicht eingesetzt. Mangels eines besseren Einfalls bedeckte ich Konrads Augen also mit meiner Hand und zog seinen schmächtigen Körper von dem Bild weg. Ich würde ihm das nicht ersparen können, sollte diese Geste bedeuten, und: Mir wäre kaum etwas anderes möglich, als den Zeitpunkt, an dem er diesen Dingen würde ins Auge sehen müssen, noch ein wenig hinauszuzögern. Vielleicht sollte das Bedecken seiner Augen auch bedeuten, dass es unterschiedliche Auffassungen geben müsse, allerdings fortwährend die Möglichkeit bestünde, die Szene zu verlassen, eine Unterhaltung abzubrechen, das Programm zu wechseln.

Als ich Konrad gerade zur Seite hin wegzog, suchte ich, einem Anflug von Wut trotzend, krampfhaft nach ein paar tröstenden Worten, als mit einem Mal – vergleichbar der knatternden Stimme aus dem Funkgerät von zuvor – das Tapsen zahlreicher Schritte unsere Gehörgänge füllte wie die Geräuschkulisse einer Mäuseherde. Und dann waren sie auch schon da. Anstelle meines halbherzigen Trostes stürmten Iggy und Emily, gefolgt von einer erstaunlich gegenwärtigen Tessa, auf Konrad zu, als wäre seine Verwirrung vor allem darauf zurückzuführen, dass er sich von ihnen entfernt habe. Dafür gebührte ihm andererseits ihr Respekt, und hinter diesem verschwanden Konrads Tränen auch unverzüglich.

»Wir haben fünf abgeschnittene Köpfe gesehen«, sagte Iggy, einen Arm erhoben, wie er das so gern machte, alle fünf Finger ausgestreckt und seine Stimme in ihrer Begeisterung von Atemlosigkeit unterstützt.

»Einer davon soll der des Malers gewesen sein.«

Konrad bemühte sich, dem Hinweis auf ein solches Abenteuer seine Anerkennung zu zollen, verstand jedoch wohl insgesamt zu wenig von dem, was Iggy da sagte, um das einigermaßen überzeugend zustande zu bringen.

»Echt?«

»Total echt. So haben sie sie uns entgegengehalten.«

Iggy streckte einen Arm von sich und ballte die Hand zur Faust.

Erstaunlich, dachte ich, nach wie kurzer Zeit etwas, das gerade noch Grausen und Wegschauen verursacht hat, bereits für Furore zu sorgen vermag.

»Einer hieß Goli…«, Iggy blickte zu Emily, als gäbe er ihr, wenn auch nicht ganz freiwillig, die Möglichkeit, sich an seinen Schilderungen zu beteiligen.

»Goli-ath«, half Emily aus.

»C-cool«, sagte Konrad und blickte zu mir, der ich gerade noch die Chance erhalten hatte, sein Beschützer zu sein und jetzt doch wohl nicht verraten würde, dass ihn, Konrad, erst vor ganz kurzer Zeit eine weitaus harmlosere Szene zum Weinen gebracht hatte. Konrad blickte aber auch zu mir, seinem Begleiter aus der Erwachsenenwelt, um mich darauf aufmerksam zu machen, dass ich einer mystischen Wandlung beiwohnte, flößte ihm doch der Anblick des imaginären abgeschnittenen Kopfes in Iggys Hand nicht die geringste Angst ein. Mit Iggys Hilfe war das kein Problem. Iggy musste ihn nicht erst beiseiteschieben, ihm nicht die Augen zuhalten, Iggy konfrontierte ihn erbarmungslos mit der wirklichen Welt.

Ich atmete auf. Alle waren wieder beisammen. Mit der Verspätung eines allmählich ermüdenden Silberrückens traf auch Wanda in unserem Saal ein, wollte sich erst, wie üblich, beschweren, ließ das dann jedoch bleiben und atmete lieber kräftig durch – vor lauter Erleichterung, aus lauter Erschöpfung.

»Das wäre mal ein Spielgefährte«, sagte Iggy, als er den an seinem Bogen schnitzenden Amor bemerkt hatte, und ich sah schon kommen, dass die weinenden Kinder auf dem Gemälde bald auch Emily und Tessa durcheinanderbringen würden. Noch strahlten die beiden, fuhren Konrad durchs Haar, stießen ihn an, als probierten sie, ob er umfalle, zupften an seinem Pullover, als hätten sie ein verlorengegangenes Spielzeug wiedergefunden (Emily), oder zeigten ihm, wie es aussähe, stünde man abwechselnd auf nur einem Bein und stütze sich mit dem Arm in der Hüfte auf der jeweils anderen Seite ab (Tessa). Es könnte doch sein, dass Konrad ihre Abwesenheit genützt hätte, um sich ein paar der essenziellsten Übungen beizubringen.

»Und das Mädchen weint wieder – logisch«, kommentierte Iggy und hielt Konrad erneut seine Faust hin, was diesem ein gespieltes Schaudern entlockte, während er doch mit seiner Faust Iggys Faust hätte berühren sollen. Ich sprang für ihn ein, was Iggy gelten ließ, während sich Konrad mit einem verlegenen Blick eingestand, dass es für ihn eben noch eine ganze Menge zu lernen gäbe.

»Das Mädchen will einfach nur eines der Bücher haben, anstatt Indianer zu spielen«, warf Emily ein.

»Das hinter den beiden ist die Nacht«, ergänzte Tessa.

Dieser zunächst belanglos anmutende Hinweis Tessas ließ mich bei einem abschließenden Blick auf das widerwärtige Gemälde den Gesichtsausdruck des Liebesgottes und des gewalttätigen Engelchens anders lesen als bis dahin. Zum Abschied kamen sie mir vor wie Arbeitssklaven der Unterhaltungsindustrie, überall dort hingemalt, wo ein Betrachter ein paar herzlose Gesellen zu sehen bekommen soll. Folterknechte, die dieser Form von Entertainment – ungeachtet der Tatsache, dass sie selbst fixer Bestandteil davon waren, sind und bleiben – nicht weniger skeptisch gegenüberstanden als etwa ich. Der Unterschied war nur, dass sie sich in Bezug auf dessen Unersetzlichkeit keine Illusionen machten. Das hatte aus dem einen den Liebesgott werden lassen, aus dem anderen einen Engel, und mich ließ es auf ihrer beider nackten Körper schauen.

»Ich halte das nicht mehr aus!«

Dieser Ausruf kam von Wanda, derselben Wanda, die kürzlich noch vorgegeben hatte zu wissen, für wen welcher Code vorgesehen war und wer sich keinerlei Gedanken darüber machen müsse, ihn zu verstehen. Dieselbe Wanda, die mich mit ihren Blicken – diesem zwischen uns beiden vereinbarten Code – bei jeder sich bietenden Gelegenheit gemaßregelt hatte. Jetzt tat sie mir leid, denn aus ihren Worten war echte Verzweiflung herauszuhören.

»Was denn?«, erkundigte sich die stets hilfsbereite Emily.

»Die Köpfe?«, steuerte Iggy bei, zog sich den Kragen seiner Jacke bis zu den Augenbrauen hoch und deutete mit ein paar ungelenk ausgeführten Schritten die Fortbewegungsart eines Zombies an. Ich lachte, weil ich an den kopflosen Maler denken musste, aber auch weil ich dem, was sich da anbahnte, damit von Anfang an etwas von seiner Dramatik zu nehmen gedachte.

»Dass wir hier nicht hinauskönnen, dass wir nicht wissen, was da unten los ist.«

Wanda schien willens, jenen Vorsprung aufzugeben, der sie und mich die Geschehnisse bislang anders interpretieren hatte lassen, als das den Kindern möglich war. Ich fragte mich, ob ich ihr sagen sollte, dass ich einen Blick auf den Platz vor dem Museum geworfen hatte.

»Hier drinnen kann uns doch gar nichts geschehen«, entgegnete Emily und sah mich dabei an, als wolle sie sich versichern, ob mit Wanda noch alles in Ordnung sei. Ich lächelte Emily zu, und in diesem Lächeln fanden sich meine Antwort, die das Kind beruhigen sollte, meine Anerkennung für Emilys Aufmerksamkeit und meine Dankbarkeit angesichts ihres Angebots – das möglicherweise nur ich ihrem Blick angesehen hatte –, wenn es sich nicht vermeiden ließe, Wandas Platz bei der Beaufsichtigung der restlichen Kinder – Wanda inklusive – einzunehmen.

»Wer sagt uns, dass sich nicht ein Attentäter irgendwo in diesen Räumlichkeiten befindet?«

Langsam wurde mir klar, dass Wanda drauf und dran war, von ihrer Rolle als Erwachsene abzurücken. Von nun an sollte wohl jeder für sich alleine kämpfen. Sich selbst mutete Wanda es allem Anschein nach nicht länger zu, so zu tun, als hätte sie derartige Situationen bereits unzählige Male durchlebt. Die Kinder kämen demnach, ginge es nach Wanda, ab jetzt nicht mehr in den Genuss, von ihr mit falschen, die Wahrheit verniedlichenden Informationen gefüttert zu werden.

»Vielleicht haben sie uns mit einem Amokläufer eingesperrt, um die Anzahl der möglichen Opfer halbwegs überschaubar zu halten.«

Wanda ließ ihren Ängsten freien Lauf. Sie wollte auf die Seite der Kinder wechseln und testete, ob ich in der Lage wäre, einen weiteren Menschen – und zwar einen sich als Kind gebärdenden Erwachsenen – bedingungslos in Sicherheit zu wiegen. Unmissverständlich deutete sich darin an, welche Bedrohung für unsere Gruppe mit dem abrupten Wechsel ihres Standpunktes einherging.

»In diesen Räumlichkeiten befindet sich eine zerstörerische Kraft, gegen die noch kein Sicherheitssystem erfunden wurde.«

Ich musste an die Engelchen denken, die einander Gewalt antaten. Wandas Angst schien parallel zu ihrer körperlichen Erschöpfung in einem Ausmaß angewachsen zu sein, dem zu widerstehen ihr ganz einfach nicht mehr gelingen wollte. Wie ein Fieber hatte diese Angst Wanda befallen, sich zunächst in ihrem Inneren festgesetzt und schließlich ihr Verhalten mir und den Kindern gegenüber beeinträchtigt. Nunmehr unternahm sie, die Angst, einen ersten Versuch, das Kommando über Wandas Person zu übernehmen.

»Ich habe mich schon an das viele Blut und die abgeschnittenen Köpfe gewöhnt, schließlich sind sie ja nur hingemalt.«

Für diese Aussage hätte ich Konrad am liebsten umarmt. Niemand von uns, nicht einmal Iggy mit seiner Vorliebe für das Absurde, hätte in dieser Situation etwas Passenderes zu sagen gewusst. Konrads Worte passten zu Wandas Bemerkung und interpretierten sie dennoch auf eine Art und Weise, die für die Moral unserer Gruppe genau das Richtige war. Eine Umarmung hatte sich Konrad aber auch damit verdient, dass er sich dessen wohl noch nicht einmal bewusst war, sondern seinen eigenen Mut dort unter Beweis stellen wollte, wo jemand anderer sich anschickte, seine Position an der Spitze zur Verfügung zu stellen.

»Wie sieht so ein Amokläufer eigentlich aus?«

Mit dieser an Wanda gerichteten Frage verdeutlichte Emily, dass sie bereit sei, Wanda zu vertreten, so gut sich das von einem Kind, wie sie eines war, eben bewerkstelligen ließe. Von einem von uns beiden, Wanda oder mir, hatte Emily sich wohl abgeschaut, wie wichtig es ist, einem anderen, mag er auch heillos überfordert sein, das Gefühl zu geben, er werde ernstgenommen.

»Einen haben wir doch vorhin gesehen.«

Konrad meinte den Familienvater mit dem Rucksack, den die verwirrte Frau angesprochen hatte.

»Das war doch aber ein Märtyrer.«

Was Iggy sagte, war meistens witzig gemeint.

»Ein was?«

»Ein Tourist, du Blödian.«

»Iggy«, schritt ich in strengem Tonfall ein. Ich hatte mir vorgenommen, keine Beleidigungen unter uns zu dulden. Unser gemeinsamer Feind war das Unbekannte, die Einigkeit untereinander unsere einzige Möglichkeit der Verteidigung. Von meinem Blick auf den Museumsvorplatz sagte ich vorerst nichts. Ich befürchtete, diese Information könnte dazu führen, dass die anderen mich eines gezielten Einzelgangs verdächtigten. Da schien es mir schon klüger, vorzuschlagen, wir könnten doch alle zusammen den Versuch wagen, einen der Fensterläden zu öffnen, um uns auf diese Weise einen Überblick zu verschaffen.

»So könnte ein Attentäter aussehen.«

Tessa hatte ein paar Schritte in Richtung des nächsten Schausaals gemacht und war vor einem monumentalen Gemälde stehen geblieben, das sich von unzähligen Figuren bevölkert präsentierte. Der Maler, Tizian, hatte es verstanden, sie in einem eleganten, deswegen jedoch keineswegs unnatürlich anmutenden Arrangement sämtlich miteinander in Beziehung zu setzen. Obgleich die Menschen, was ihre soziale Zugehörigkeit, ihre kulturelle Identität, teilweise sogar das Zeitalter, dem sie jeweils zu entstammen schienen, betraf, einigermaßen unterschiedlich auftraten, herrschte ein gemeinsames Element vor. Diese vermeintliche Gemeinsamkeit bestand in einer Ratlosigkeit, die sie allem Anschein nach insgesamt ergriffen hatte, in einer an verschiedenen Details erkennbaren Neigung zur Unentschlossenheit. Von diesen Details verstanden es wiederum einige, etwa ihre offensichtliche Desorientierung, der eher mit Nachsicht denn mit Strenge zu begegnen uns das Bild empfahl, eine eigentümliche Anziehungskraft auf mich auszuüben.

Mein erster Gedanke, nachdem Tessa uns auf dieses Bild aufmerksam gemacht hatte, galt gar nicht so sehr der Suche nach dem Aussehen eines exemplarischen Amokläufers irgendwo auf dieser Leinwand, mein erster Gedanke galt dem Phänomen, von einem Moment auf den anderen Kenntnis von einer bewegenden Szene erhalten zu haben, von der ich, gerade einmal einige Meter daneben stehend, bis eben noch nicht das Geringste geahnt hatte.

Abgesehen von dem eher kleinformatigen Ausblick, den uns das Traumschiff Canaletto zuvor zweimal auf ein Stück unserer Stadt und einige ihrer Einwohner, reduziert auf die Größe von Spielzeugfiguren, gewährt hatte, handelte es sich bei diesem Bild bislang um das mit der größten Menschenmenge. Das Gemetzel, das ich so schnell wie möglich hinter mich gebracht hatte, nicht mitgerechnet – aber das gedachte ich ja ebenso zu verschweigen wie den Blick aus dem Fenster.

Tizian konfrontierte uns mit Figuren, die in etwa so groß waren wie wir selbst. Der Gedanke, in ihrem dichten Nebeneinander unterzutauchen, bot sich also noch deutlicher an. Auf den ersten Blick jedenfalls schienen sich die auf diesem Bild dargestellten Menschen, obgleich genauso wie wir mit etwas konfrontiert, das sich in der Folge als zu groß für sie herausstellen sollte, in Sicherheit zu wiegen. Auch auf diesem Gemälde wurde auf allerhand hingewiesen. Gleich mehrere Männer hatten ihre Hände zum Himmel erhoben, einige zeigten auf einen sichtlich verwundeten, von Schmerzen gezeichneten Mann, der den Anwesenden – und somit auch uns – auf einem kleinen Plateau präsentiert wurde. Einige Stufen führten zu dieser Erhöhung, dem Eingangsbereich eines Gebäudes, empor.

Uns, die wir uns – Wanda inklusive – vor diesem Gemälde versammelt hatten, verbanden zwei Rückenansichten mit den auf der Leinwand versammelten Charakteren. Zwei Männer, die unbestreitbar zu dem Geschehen rund um den blutüberströmten Mann gehörten, befanden sich zwar auf dem Bild, schauten jedoch, nicht anders als wir, die wir auf dem Parkettboden des Museums und damit in einem – das durfte ruhig so ausgesprochen werden – zur Gefahrenzone erklärten Bereich standen, auf das, was auf dem Bild vor sich ging.

Einer der beiden hatte mit einem Buben, den das Vorführen des Verwundeten offenbar nicht zu interessieren vermochte, Blickkontakt aufgenommen. Dieser Bub war mit seiner Mutter oder seiner älteren Schwester gekommen, deren von Unschuld geprägte Erscheinung das Gemälde von innen her, aus seinem Zentrum heraus zu beleuchten schien. Gemeinsam mit dem ihr und ihrem Sohn zugewandten Mann versinnbildlichte diese Frau, dass es, außer dem, worauf die Mehrheit ihr Augenmerk richtete, noch etwas anderes gab. Der zweite Rücken gehörte einem Mann, der sich, auf seinen Schild gestützt, duckte, als verspüre er die Bedeutung, die von dem Mann ausging, der ihm und den anderen auf der Anhöhe vorgeführt wurde, mit jeder Faser seines Körpers.

»Ec-ck-e Homooo«, las Iggy laut vor und schaute uns, einen nach dem anderen an, ehe er losprustete. Als sein Blick bei mir Station machte, kam es mir so vor, als biete Iggy mir an, meine eigene Fassungslosigkeit einen Moment lang mit der seinen zu vereinen. Ließ man sich ganz auf Iggy ein, konnte man, mochte das auch nicht lange andauern, den Eindruck gewinnen, die Erwachsenen würden sich derart atemberaubende Verballhornungen ihrer selbst ausdenken, damit es keinem Kind, selbst wenn es über den Einfallsreichtum und die Dreistigkeit eines Iggy verfüge, jemals gelinge, diese zu übertreffen.

»Homoooo«, wiederholte er, für diejenigen, die noch nicht mitbekommen hatten, worauf er hinauswollte – also für Tessa und Konrad.

»Das heißt *Mensch*, Iggy«, sagte ich und zwar so beiläufig wie möglich, als hätte er zuvor nur einfach nicht zugehört. Jetzt kicherten auch die beiden Kinder, die Iggys Wortspiel zuvor nicht verstanden hatten. Ich glaube, weil mein Manöver in seiner Beiläufigkeit sie endgültig davon überzeugt hatte, dass Iggy auf eine Goldader in der von Langeweile geprägten Wartehalle erwachsener Ausdrucksweisen gestoßen sein musste. In diesem Moment wollte auch ich wieder ein Kind sein.

»Mensch, Homooo.«

Jetzt kicherten wir alle, ob Kinder oder nicht. Sobald ich das Gefühl hatte, ich könne aufhören zu kichern, ohne deswegen wie ein schlechter Verlierer dazustehen, wandte ich mich an Tessa.

»Und wer schaut nun deiner Meinung nach aus wie ein Attentäter?«

»Na, der da auf der Seite«, sagte Tessa, die mit dem Kichern noch nicht fertig war.

Auf der Seite – dem verwundeten Mann gegenüber – sah ich zwei Reiter, von denen einer auf den Gepeinigten zeigte, und der andere eine auffallende Kopfbedeckung trug – ein weißer Turban, der mich an einen in Stoff eingewickelten Kürbis denken ließ. Der Turban deutete darauf hin, dass sein Träger aus dem Orient stammte, seine enorme Größe, dass es sich um einen orientalischen Edelmann, immerhin aber jemanden mit einem unterentwickelten Selbstwertgefühl handeln musste.

»Sagst du das etwa nur, weil der nicht so aussieht wie alle anderen?«

Ich hatte immer gewusst, dass sich von anspruchsvoller Kunst mehr lernen ließe als ein paar Bibelgeschichten und antike Gleichnisse oder wie ich mir den einen oder anderen Herrscher, Eroberer und Kriegstreiber in etwa vorzustellen hätte.

»Nein, wieso, wie soll ein Amokläufer denn sonst ausschauen?«

Tessa schien es mit ihrer Frage ernst zu sein.

»Na, ich denke doch, dass ein Attentäter aussieht wie jeder andere Mensch auch«, sagte ich und wusste doch, dass die Menschen, die sich vor dem Museum versammelt hatten, in der Mehrzahl wohl anderer Meinung waren. Und sollte irgendjemand tatsächlich anders denken, würde er von der Berichterstattung, die dort gerade ausgeklügelt wurde, eines Besseren belehrt werden.

»Eben wie ein Homo«, schaltete sich Iggy in meinen Erklärungsversuch ein.

Die Kinder brüllten vor Lachen. Sogar Wanda lachte. Auch ich sehnte mich danach, lachen zu können. *Wann denn sonst über so etwas lachen, wenn nicht in einer Situation wie dieser*, wollte etwas in mir wissen, aber ich hatte mich nun mal entschieden – komme, was da wolle –, meine Stimme der Vernunft zu leihen.

»Ein Attentäter wird sich doch nicht so eine komische Mütze aufsetzen, der will doch nicht auffallen.«

Konrads Bemerkung zeigte, dass er, trotz der allgemeinen Heiterkeit, seine eigenen Überlegungen anstellte.

»Er ist aber auch kein Geheimagent. Schließlich will er auf etwas aufmerksam machen.«

Ich sagte das so, dass Konrad nicht das Gefühl zu haben brauchte, etwas Falsches gesagt zu haben. Mein Hinweis ließ ihn skeptisch werden, wodurch er sich für mein Gefühl immer mehr den auf der Leinwand versammelten Menschen anglich.

»Häufig hat etwas, das vorher in ihrem Leben passiert ist, damit zu tun, dass Attentäter aus ihnen werden«, steuerte Emily bei und überraschte Wanda und mich mit dieser Feststellung, resultierte eine solche doch weder aus dem bloßen Betrachten eines Bildes noch aus einem Aneinanderfügen einiger erwachsen klingender Gemeinplätze – ansonsten Emilys Spezialgebiet –, sondern deutete auf eine gezielte Beschäftigung mit dieser Problematik hin. Emily musste, als es irgendwann im Fernsehen oder im Radio darum gegangen war, zugehört haben, hatte etwas aufgeschnappt und war nun in der Lage, das, was sie davon behalten hatte, mit diesem Thema zu verknüpfen.

Allmählich verebbte das restliche Gekicher, bis es nur noch wie das überflüssige Gemurmel einiger weniger klang, die nichts Sinnvolles beizutragen hatten. Übrig blieb – natürlich – Iggy, und kurz musste ich an einen Hahn denken, dessen Krähen, einem umgekehrten Ablauf der Zeit entsprechend, den Tumult eines Tages beschließt, während die ersten Menschen in Anbetracht des heraufdämmernden Morgens bereits zu Bett gehen.

»Kann das auch dort passiert sein, von wo sie gekommen sind?«, wollte Konrad wissen.

»Natürlich«, sagte ich, »ein Attentat, müsst ihr wissen, geht häufig auf den Umstand zurück, dass jemand der Meinung ist, niemand schenke ihm Aufmerksamkeit, es sei denn, er stellt etwas ganz Fürchterliches an.«

»Wie ein Amokläufer.«

Iggy versuchte es wieder mit ein paar Schritten in Zombiemanier, diesmal gelang es ihm allerdings nicht, die Aufmerksamkeit der anderen von dem Gespräch abzuziehen und auf sich zu lenken.

»So ähnlich, aber nicht ganz.«

Mir hingegen glückte es jetzt, Iggys Beitrag als recht witzig, aber im Grunde entbehrlich hinzustellen. Der Parallele zwischen einem Amokläufer und einem Zombie, auf die Iggy ganz intuitiv hingewiesen hatte, haftete allerdings etwas beängstigend Überzeugendes an. An einen Amokläufer wollte ich in unserer Situation, um ehrlich zu sein, gar nicht erst denken. Ein Amokläufer war bislang lediglich in Wandas von Angst gekennzeichneter Aussichtslosigkeit aufgetaucht.

»Kann ein Attentäter auch eine Frau sein?«

»Ja, natürlich.«

»Frauen sind meistens sogar die besseren Attentäter.«

Das kam von Wanda, die sich mit diesem Kommentar wieder von ihrer kämpferischen Seite zeigte, was mich, ungeachtet der mangelnden Ernsthaftigkeit ihrer Worte, beruhigte.

»Und Homos sehen mitunter wie Frauen aus.«

Und das kam von Iggy, der beweisen wollte, dass beinahe alles, aus einer schrägen Perspektive betrachtet, ein Schlupfloch aus der Ernsthaftigkeit bot.

Während diese Sätze hin und her gingen, fragte ich mich, was einen Amokläufer veranlassen sollte, ausgerechnet ein Museum, noch dazu eines mit klassischer Kunst, als Parcours für seinen Amoklauf zu wählen. Ob denn ein Museum als Ziel eines Attentäters wahrscheinlicher wäre, hätte ich damals – mir fehlten ja noch sämtliche Informationen –, wohl ebenfalls nicht zu beantworten gewusst.

»Den habe ich doch gar nicht gemeint«, sagte Tessa, für deren Wesensart es bezeichnend war, dass sie geduldig abwartete, bis alle ihre Kommentare abgegeben hatten, »ich spreche doch von dem auf der anderen Seite.«

Die Stille, die daraufhin unter uns einkehrte, war keine von denen, die auf Ratlosigkeit oder gar Verlegenheit zurückgingen. Vielmehr schien sie von einem eigenartigen Verständnis einberufen worden zu sein. Ein Verständnis, das sich nicht darum scherte, ob tatsächlich jeder, jede begriffen hatte, was alles sich in eine solche Verwechslung hineininterpretieren ließe. Auf alle Fälle erhielt Tessas Zuschreibung, da sie nunmehr den blutüberströmten Mann – Jesus, ich wusste das, wer es sonst noch wusste, hätte ich nicht sagen können – in der Titelrolle sah, ein ganz anderes Gewicht. Ich hatte den Eindruck, unsere Gruppe sei den Figuren auf dem Bild in den letzten paar Minuten noch ähnlicher geworden. Auch wir hatten einen Quergeist unter uns, der sich beständig weigerte, einzusehen, worum es in Wahrheit ging – Iggy. Außerdem befand sich, vielleicht ja sogar in Tessa, die ihre Feststellung ohne jeden Hintergedanken gemacht hatte, eine vergleichbare Unschuld unter uns. Im Gegensatz zu Emilys Hinweis auf das gängige Psychogramm eines Attentäters – »Etwas, das vorher in ihrem Leben passiert ist, hat damit zu tun« – hatte Tessa lediglich etwas gesehen. Tizian hatte es ihr gezeigt, und betrachtete man den Künstler als Verkörperung des Gestaltungswillens der gesamten Menschheit, dann hatten wir uns mit diesem Gemälde bis zu einem gewissen Grad sogar selbst darauf aufmerksam gemacht. Ich spürte förmlich, wie sich die

Atmosphäre, die jahrhundertelang auf der Leinwand konserviert worden war, ausgelöst durch unsere Auseinandersetzung in dem Saal ausbreitete. Nicht so sehr der Zauber einer Virtuosität der Pinselführung und der Farbgebung – diese waren durch die beständige Marketingtätigkeit des Museums in ihrer Wirkung möglicherweise sogar ein wenig abgestumpft –, sondern eine Stimmung des Zusammenrückens im Schatten einer falschen Entscheidung. Ehe wir ganz in die Bewegungslosigkeit der hierhergemalten Figuren verfielen, galt es eine Initiative zu setzen.

»Ich weiß, was wir machen sollten.«

Alle schauten mich aus Gesichtern, die sich unterschiedlicher kaum hätten ausnehmen können, an. Da fand sich bedingungslose Gefolgschaft (Konrad), Anerkennung, allein schon für den Versuch (Emily), höfliches Desinteresse (Tessa), Skepsis (Wanda) sowie die selbstverständlich sinnlose Erwartung, eine aberwitzige Idee geschildert zu bekommen (Iggy).

»Wir suchen nach dem Aufseher mit dem Funkgerät und fragen ihn, ob er schon etwas Neues weiß.«

Ich hatte den Eindruck, mein Vorschlag überrasche alle einigermaßen. Iggy vielleicht ausgenommen, denn der hatte insgeheim bereits damit gerechnet, dass er sich keinen albernen Einfall erwarten durfte.

»Aber wie sollen wir den denn finden?«

Wanda gab sich zwar Mühe, die Hoffnungslosigkeit schien sie jedoch nach wie vor fest im Griff zu haben.

»Zunächst gehen wir erstmal dorthin zurück, wo wir ihn zuletzt gesehen haben.«

Emily bewies einmal mehr, dass sie bereit war, Wanda so lange zu vertreten, bis diese ihre Lähmung abgeschüttelt und wieder neuen Mut gefasst hätte.

Als wir den Saal in jener Richtung, aus der wir gekommen waren, verließen, fiel mein Blick auf ein Bild, das eine kaum bekleidete Frau zeigte, neben der sich ein junger Mann mit seiner Flöte niedergelassen hatte. Sein Haupt erschien bekränzt, sein Instrument hatte er abgesetzt, möglicherweise, um der Schönen etwas zuzuflüstern. Unweigerlich fühlte ich mich an den Ritter und seine Braut erinnert. Hier – bei Tizian – hatte er die Rüstung jedoch abgelegt und stattdessen seine Flöte herausgeholt. Die junge Frau, die, wie gesagt, kaum noch etwas am Leibe trug, hatte ihm, wie das Burgfräulein ihrem Ritter, den Rücken zugekehrt, drehte sich zwar gerade nach ihm um, verharrte jedoch in dieser Bewegung genau so, dass ihr Blick auf den Betrachter fiel, also auf mich, der ich ein paar Schritte hinter meinen Leuten den Saal verließ. Andere Figuren – ich erinnerte mich an den Engel, der um den Ritter und seine Angebetete herumschwirrte – waren auf diesem Gemälde nicht zu sehen. Die beiden waren allein, inmitten einer desolaten Landschaft, die von einem abgebrochenen Baumstamm repräsentiert wurde. Der Hintergrund schien in Flammen zu stehen, was sowohl auf eine zwischen den beiden entbrannte Leidenschaft hinweisen konnte als auch darauf, dass alles um sie herum im Chaos versank. Da mir für das Betrachten dieses Bildes inklusive des Nachsinnens, ob ich mit einer der abgebildeten Figuren – es kam ja doch nur der junge Mann mit der Flöte infrage – würde tauschen wollen, gerade einmal ungefähr fünfzehn Schritte blieben, wurde ein erster positiver Eindruck, nämlich die legere Kleidung und die Flöte, die mir besser gefielen als die Ritterrüstung, von der Annahme verdrängt, die sich zwischen dem jungen Mann und der jungen Frau abzeichnende Hingabe werde unweigerlich in einer Katastrophe enden.

Natürlich wäre ich in der bequemen, unauffälligen Kleidung des Flötisten – Was wird er wohl gewesen sein? Ein Hirte? – in meiner Welt weniger aufgefallen, andererseits war es doch ausgerechnet die Ritterrüstung, die mich an dem Kavalier in der vorangegangenen Paarung beeindruckt hatte. Wo, wenn nicht auf der Leinwand eines Gemäldes, das einer vergangenen Epoche entstammte, konnte man so etwas ruhigen Gewissens tragen, ohne sich dabei lächerlich zu machen? Wer sich partout nicht einkriegen würde, könnte ja ein Bild weiterspringen. Sollte ich allen Ernstes anfangen, Versatzstücke meines Alltags auf das Bild zu übertragen, anstatt mich von dem, was ich dort sah, anregen zu lassen, dann hätte es, um ehrlich zu sein, überhaupt keinen Sinn mehr, mich in die Erzählung eines Bildes zu träumen. Die Bedenken, die sich bei mir meldeten, führten unweigerlich zu dem Vorschlag, ob es nicht besser wäre, jemand käme von der Leinwand herunter und betrete damit meine Welt.

»Wissen Sie, wo es hier hinausgeht?«

Ein älterer Herr, der seinen Oberkörper leicht nach vorn beugte, als wäre er dem dazugehörigen Unterleib, der von einem Stock unterstützt wurde, stets einen halben Schritt voraus, empfing uns einen Saal weiter mit dieser Frage. Er trug eine karierte Hose, deren Bund knapp unterhalb seiner Brust saß, und hatte diese Frage uns allen gestellt, als mache es für ihn keinerlei Unterschied, ob ihm ein Erwachsener oder ein Kind antworten würde. Sein Stock versperrte uns, sah ich jetzt, regelrecht den Weg – eine Maßnahme, die mich allerdings nicht aufregte, wie das unter anderen Umständen womöglich der Fall gewesen wäre, sondern mir nur zu verstehen gab, dass der Mann mit seinen Nerven am Ende sein musste.

»Geht es da hinten vielleicht hinaus?«

»Dann wären sie wohl kaum zurückgekommen, du Schlaumeier.«

Diese Worte stammten von einem zweiten Herrn, der etwa im gleichen Alter zu sein schien. Er war mit einem dunkelblauen Regenmantel bekleidet, und bei seinem Gesicht fiel mir unwillkürlich der Kirchenvertreter ein, den wir auf einem Bild von van Eyck gesehen hatten. Einem Vertreter der Kirche traute ich es ohne Weiteres zu, seine Aussagen mit vergleichbaren kleinen Gehässigkeiten zu versehen.

»Ich muss mich für meinen Begleiter entschuldigen. Wie es scheint, ist ihm die außergewöhnliche Situation, in der wir uns nun mal befinden, zu Kopf gestiegen.«

»Ich bin gar nicht dein Begleiter, vielmehr bist du der meine«, entgegnete der in der karierten Hose, als sei, was er uns gefragt hatte, plötzlich nicht mehr so wichtig. Ich schaute zu Wanda, als erschienen mir die beiden wie ein Fall für sie, was, wie sich herausstellen sollte, ein Fehler war, witterte Wandas Angst, die zurückzudrängen mir in Zusammenarbeit mit den Kindern gerade erst gelungen war, in der karierten Hose doch unversehens einen Verbündeten.

»Ich fürchte, die lassen uns hier nicht mehr heraus. Weder uns … noch die Kinder.«

Der in der karierten Hose sah Wanda verständnisvoll an, und mir schien, der ungenierte Ausdruck ihrer Verzweiflung war ihm beinahe lieber als jedweder Hinweis, wohin es in die Freiheit gehe.

»Wir … wir sollen wohl geopfert werden, damit die Menschen im unteren Stockwerk in aller Ruhe in Sicherheit gebracht werden können.«

Der im blauen Regenmantel hob die Hände und blickte seufzend Richtung Plafond, was gut zu den Figuren auf dem Bild mit Jesus und dem Mann aus dem Morgenland gepasst hätte. Plötzlich kam mir ein furchtbarer Gedanke, aber da war es dann auch bereits zu spät.

»Dafür haben wir einen Attentäter gesehen.«

Natürlich wollte Konrad nur etwas beitragen, wollte zeigen, dass er, obwohl noch ein Kind, in dieser bedrohlichen Situation hellwach war, die beiden älteren Herren jedoch reagierten mit einem entsetzten Gesichtsausdruck, wobei mir der im blauen Regenmantel beinahe noch entsetzter zu sein schien, was aber vielleicht daran lag, dass er zuvor einen eher entspannten Eindruck gemacht hatte.

»W-wie … bitte?«

»Der wollte doch aber nicht erkannt werden«, sagte Iggy, dessen unnachahmliches Gefühl für eine komische Situation zuweilen ziemlich erbarmungslos sein konnte.

»Die Kinder machen nur Spaß«, unterbrach ich dieses absurde Geplänkel, nicht ohne zuvor einen strengen Blick Richtung Wanda geschickt zu haben, die keinerlei Anstalten gemacht hatte, einzuschreiten. Mir war, als wäre ihr jedes noch so abwegige Mittel recht, um mit ihrer Angst nicht länger alleine zu sein. Als fühle sie sich in unserer Gruppe nicht mehr gut aufgehoben, weil wir uns nicht ausreichend fürchteten, was sie zur Außenseiterin machte, zu einer, die bei der erstbesten Gelegenheit einer Kurzschlusshandlung zum Opfer fiele. In dem Mann in der karierten Hose meinte die verängstigte Wanda auf jemanden gestoßen zu sein, der ihre Angst wenigstens zu schätzen wusste.

»Sehr witzig«, sagte der Mann im blauen Regenmantel, für die Kinder ein Anlass, mit einer gewissen Genugtuung zu kichern.

»Es war jemand mit einem Turban«, versuchte Konrad es noch einmal.

»Ein Homo«, legte Iggy nach.

Jetzt lachten wieder alle Kinder, was ich zwar für ein wenig sonderbar, im Grunde jedoch auch recht aussagekräftig hielt. Die zwei alten Herren kannten sich jedenfalls erstmal überhaupt nicht aus. Es hätte mich nicht gewundert, wenn sie uns für das Redaktionsteam einer Blödelsendung im Fernsehen gehalten hätten, deren Aufgabe darin besteht, nichts ahnende Passanten in die Irre zu führen. Gab es in Wirklichkeit überhaupt nichts zu befürchten?

»Ich habe dir doch gesagt, dass du das alles nicht so ernst nehmen sollst«, sagte der im blauen Regenmantel zu seinem Begleiter.

»Du hast bereits eine ganze Menge gesagt«, entgegnete die karierte Hose. »Das Problem ist nur, dass sich kaum etwas Brauchbares darunter befunden hat.«

»Die Kinder sprechen von Bildern«, beeilte ich mich aufzuklären, »wir haben da hinten bloß Bilder gesehen. Nichts weiter.«

Nichts weiter? Wenn ich es recht bedachte, waren diese Bilder deutlich vielversprechender als etwa der Blick durch das Fenster auf die Welt da draußen. Von dem, das hatte ich mir vorgenommen, wollte ich jedoch weiterhin noch nichts verraten.

»Welches Bild gefällt Ihnen denn am besten?«

Emily führte uns wieder einmal vor, wie man sich in einer solchen Situation am klügsten verhielt. Ich verspürte das dringende Bedürfnis, ihr zur Belohnung, augenblicklich mit der Hand übers Haar zu streichen. Die beiden älteren Herren sahen sich gegenseitig an, als wäre trotz ihrer gelegentlichen Unstimmigkeiten jedem von ihnen der Anblick des anderen der liebste.

»Wir haben uns gedacht, wir wenden uns an einen der Aufseher und weichen ihm diesmal nicht mehr von der Seite, bis er auch wirklich etwas für uns tut.«

Wanda hatte diese Worte an denjenigen der beiden gerichtet, der zuvor deutlich beunruhigter gewirkt hatte. Mir gefiel ihre Erklärung aufgrund ihres jammervollen Untertons nicht.

»Das ist eine ausgezeichnete Idee«, antwortete der Angesprochene aus seiner karierten Hose heraus. Seinen Stock hob er an, als gebe er uns nunmehr den Weg frei oder spiele darauf an, dass er verstehe, auch noch auf eine ganz andere Art mit ihm umzugehen. Ich musste an die

Flöte auf dem Bild mit dem Hirten, der so angezogen war wie ich, denken.

»Das hältst du also für eine ausgezeichnete Idee?«, wollte sein Begleiter wissen. »Darf ich dich daran erinnern, dass ich dir und deiner Gehhilfe haargenau das Gleiche bereits vor ungefähr einer halben Stunde vorgeschlagen habe?«

»Du findest doch noch nicht einmal meinen Stock, wenn ich damit vor deiner Nase herumfuchtle«, erhielt er zur Antwort. »Diese jungen Herrschaften scheinen mir für so etwas wesentlich besser geeignet.«

Mir war das unangenehm. Der im blauen Regenmantel tat mir leid.

»Das stimmt gar nicht. Wir haben uns erst vor einiger Zeit mit einem Aufseher unterhalten, aber auch nicht daran gedacht, an ihm dran zu bleiben.«

Die Sache mit dem Funkgerät ließ ich lieber weg, und auch, was in der Folge alles passiert war. Die verhältnismäßig kurze Zeit, die diese Ausnahmesituation inzwischen andauerte, hatte mich gelehrt, dass Betroffene sich gegenseitig nicht mehr als unbedingt notwendig über ihre jeweiligen Versäumnisse unterrichten sollten. Es galt, nach vorne zu schauen, also entschied ich mich dafür, den Weg wieder aufzunehmen, woraufhin sich auch Emily, Konrad, Tessa und Iggy in Bewegung setzten. Mit einiger Verzögerung folgten Wanda, der Mann in der karierten Hose und sein Stock. Nur der im Regenmantel machte diesbezüglich keinerlei Anstalten. Demonstrativ stellte er sich vor ein Gemälde, auf dem ein Kerl mit schütterem Haar zwei Finger in eine Wunde steckte, die sich knapp unterhalb des Brutkorbes eines anderen, sichtlich entrückt wirkenden Jünglings – für Eingeweihte als Jesus, der Heiland, zu erkennen – befand. Im Vordergrund des Bildes konnte ein Glatzkopf nicht fassen, was er da sah. Der Mann im blauen Regenmantel tat so, als interessiere ihn dieses Gemälde im Augenblick mehr als unsere Suche nach dem Aufseher. Man hätte glauben können, bei ihm handle es sich um einen gewöhnlichen Museumsbesucher, der sich von seinem Begleiter trennt, weil der nach Bildern suchte, auf denen Landschaften im Mittelpunkt standen und nicht Brutalitäten oder Geschmacklosigkeiten – natürlich sind beide Hände des Heilands durchlöchert, und was entrückt wirkt, ist das Aussehen eines lebenden Toten.

Sein karierter Begleiter hingegen schickte sich an, fortan unsere Nachhut zu bilden, an der Schwelle in den benachbarten Saal blieb er jedoch unvermittelt stehen.

»Willst du denn nicht mit uns kommen? Mit diesen …«, er blickte uns einen nach dem anderen an, »… diesen Menschen haben wir weit größere Chancen, als wenn wir uns auf dich verlassen.«

Die Gemeinheiten, die die karierte Hose dem Regenmantel sogar jetzt noch an den Kopf warf, gingen mir allmählich auf die Nerven. Ich beschloss, einfach weiterzugehen und mich unter keinen Umständen tiefer in dieses Altherrenscharmützel hineinziehen zu lassen. Blieb nur zu hoffen, dass unsere Gruppe zusammenbleiben würde. Am meisten Sorgen bereitete mir diesbezüglich Wanda.

»Einen Moment bitte«, rief uns der zwischen den mächtigen Türflügeln Verbliebene hinterher, aber ich reagierte nicht darauf. Es war, als hindere ihn eine unsichtbare Barriere, die uns keinerlei Schwierigkeiten bereitet hatte, daran, den Saal zu verlassen. Sobald wir uns einige Schritte von der Schwelle entfernt hatten, hatte ich das Gefühl, die Episode mit den zwei alten Herren wäre irgendwie an diesen Schausaal gebunden. Würden wir ihn später noch einmal durchqueren, wären die beiden wohl immer noch damit beschäftigt, aufeinander herumzuhacken. Sie gehörten dort hinein wie die Gemälde, die in diesem Saal hingen, darunter jenes, auf dem ein Jünger seinem Herrn in die Wunde greift, um sich davon zu überzeugen, dass er es wirklich ist, während seine Begleiter angeekelt zuschauen. Was sich, dachte ich mir, nachdem ich beschlossen hatte, die beiden Alten wie die Szene auf einem Bild zu betrachten, an dem wir vorbeigegangen waren, was sich jemand, der oder die mit den Storys, von denen diese Gemälde ja sozusagen jeweils nur einen Kader zeigten, nicht vertraut wäre, wohl dazu denken mochte. Am ehesten vielleicht, dass es sich um eine Art Wunderheilung handle, eine Operation mit den bloßen Fingern, der zufolge jemand, der sich mit einem Bein bereits im Jenseits befunden hätte, wider Erwarten ins Leben zurückkehrte.

Wir entschieden uns dafür, es in dem schmaleren Gang (entlang eines *Nebenstrangs*) zu versuchen. Diesmal war ich für die Entscheidung verantwortlich. Ich hatte die Aufseher im Verdacht, den aus gutem Grund verunsicherten Museumsbesuchern aus dem Weg zu gehen. Eine Zeit lang schienen sie es mit Ignorieren jeglicher Ausnahmesituation, dem Vertuschen einer wie immer gearteten Bedrohung versucht zu haben (»Wieso, was soll sein?«), dann mit Spielchen, wie jenes, von dem wir uns hatten hinhalten lassen (»Solange das Funkgerät schweigt, gibt es auch keinerlei Anlass zur Beunruhigung«). Konrad lief voraus, ich achtete allerdings darauf, dass er mein Blickfeld nicht verließ. Drohte er daraus zu verschwinden, legte ich einen Zahn zu und hielt auch alle anderen an, einen Gang höher zu schalten. Auf die Gemälde um uns herum achtete ich vorerst nicht. Es war, dachte ich mir, höchste Zeit, dass wir uns ganz der Wirklichkeit widmeten.

Ein Kentaur, halb Mensch, halb Pferd, belehrte mich eines Besseren. Im Grunde wandte er sich gar nicht an mich, sondern half einem im Verhältnis zu ihm geradezu schmächtigen Männchen dabei, mit Pfeil und Bogen umzugehen. Von dem gewaltigen Unterleib des Kentauren, der dem Rumpf eines Pferdes entsprach, ging etwas gleichzeitig Rohes und Verletzliches, etwas Abstoßendes und im selben Moment Anziehendes aus. Eiligen Schrittes ging ich an dem Bild mit dem Kentauren vorbei, und doch reichte ein Blick auf die mythologische Figur und den Menschen, die neben ihr wie ein Kind, wie eine Spielzeugfigur wirkte, aus, um mir klarzumachen, dass jeder seine Verteidigung besser in die eigenen Hand nehmen sollte. Woraus, fragte ich mich, ließe sich hier eine Waffe machen?

Obwohl ich keinen solchen sah, musste ich als erstes an einen Feuerlöscher denken. Vor dem einen oder anderen Bild hatte ich außerdem Metallstützen gesehen, die mit einer Kordel verbunden gewesen waren, um den Betrachter daran zu hindern, einem Bild zu nahe zu kommen. Wie ein Tatort hatte ich angesichts dieser eleganten Absperrungen gedacht. Als benötige ein solches Bild zusätzlichen Raum, um unbeeinflusst aufrechtzuerhalten, was jeweils nur ein paar Augenblicke lang in Anspruch genommen wurde, dessen Wirkung hingegen nun schon jahrhundertelang überdauert hatte. Ließe sich die von der Malerei ausgehende gestalterische Kraft intensiver erleben, sofern ein Betrachter seinen Kopf über die Kordel in die eineinhalb oder zwei Meter Raum hielte, den die Aufseher dem Bild zusätzlich gönnten?

Wären wir in diesem Moment an einem solchen, einem besonderen Bild vorbeigekommen, hätte niemand mich daran hindern können, mich mit einer dieser Metallstangen zu bewaffnen. Die Kordel hätte ich Wanda hingehalten, um uns in zwei Gladiatoren zu verwandeln, die sich durch eine jeweilige Bewaffnung voneinander unterscheiden. Oder, fiel mir ein, als hätte uns – eine an sich friedvolle Gruppe – das Schicksal, ohne uns danach zu fragen, in eine Situation manövriert, in der es mit einem Mal ums nackte Überleben ging. Aber das traf ja tatsächlich zu! So eng – das begriff ich jetzt, dem Kentauren sei Dank – lagen Wirklichkeit und Fantasie beieinander. Die Überlegungen, wie Gegenstände umfunktioniert werden könnten, um potenziellen Gegnern damit größtmöglichen Schaden zuzufügen, fallen dann mitunter kreativer aus als die Ideen, womit man sich ernähren könnte (Gab es hier vielleicht einen Getränkeautomaten?) oder wo Unterschlupf zu finden wäre (Irgendwo musste es doch so etwas wie eine Besenkammer, einen Ort für die Glühbirnen geben).

»Ich habe ihn gesehen!«

Konrads Kopf tauchte in einem Türrahmen, durch den es in einen der größeren Schausäle ging, auf. Ich konnte mir nicht erklären, wie er, von uns unbemerkt, dort hingekommen sein konnte.

»Wen?«, fragte Wanda und erntete für diese gänzlich überflüssige Frage einen beinahe schon feindseligen Blick von mir.

»Wo ist er?«, wollte ich stattdessen wissen.

Konrad zeigte, ohne hinzuschauen, in die Richtung, aus der er gekommen war, richtete seine Hand dann jedoch, immer noch ohne hinzuschauen, erst ein wenig nach links, dann nach rechts aus, und ich glaube, wir alle lasen daraus – einige möglicherweise deutlicher als andere –, dass Konrad ein entscheidender Fehler unterlaufen sein dürfte.

»Warum bist du denn nicht bei ihm geblieben?«, erkundigte sich Wanda jetzt.

Offenbar hatte sie mittlerweile kapiert, um wen es sich handeln dürfte, und obwohl ihre Frage berechtigt war, hielt ich es für völlig unsinnig, sie Konrad auf diese Weise zu stellen. Natürlich verspürte auch ich das Bedürfnis, Konrads Verhalten zu kritisieren, allerdings durfte der pädagogische Aspekt dabei nicht außer Acht gelassen werden. Ich musste an den Kentauren denken. Er hätte Konrad mit Sicherheit nicht getadelt oder gar bloßgestellt, sondern ihn so weit gebracht, dass Konrad von ganz alleine seinen Irrtum eingesehen hätte. Wanda dachte wieder einmal nur an sich. Wanda wollte Dampf ablassen, sonst gar nichts.

Am liebsten wäre es mir gewesen, Wanda hätte den Aufseher an Konrads Stelle entwischen lassen. Dass der Mann weg sein würde, stand für mich außer Zweifel. Er würde sich hüten, uns über den Weg zu laufen. Konrad hatte als Kundschafter gehandelt, der ihn über unser Anrücken informiert hatte. Wäre Wanda ein solcher Fehler unterlaufen, hätte ich sie vor den Kindern gemaßregelt. Ich hätte jeden meiner Sätze mit Floskeln à la *Das hätte jedem von uns passieren können …* begonnen, in der Folge jedoch keinen Zweifel daran gelassen, dass das wohl unsere letzte Chance gewesen sein dürfte. Wanda, das spürte ich allein schon vorstellungshalber, hätte den perfekten Puffer abgegeben, um meine wachsende Verzweiflung dagegen anrennen zu lassen.

Es war aber Konrad gewesen, der Mist gebaut hatte, und ihn wollte ich keinesfalls desillusionieren. Er hatte gut gearbeitet, seine Tätigkeit lediglich zu früh eingestellt.

»Gute Arbeit«, sagte ich und beschloss, aus dem schmalen Gang wieder in die Abfolge der größeren Säle einzutreten, als gelte es in diesem Moment, irgendetwas zu verändern. Immerhin hatte Konrad den Aufseher hier entwischen lassen, wobei ich immer noch nicht verstand, wie der Bub von dem Gang aus hierher gekommen sein konnte.

In dem Saal, den wir als nächstes betraten, stach keines der an den Wänden hängenden Bilder hervor. Was unseren Blick anzog, war ein Haufen eleganter Kleidung, der sich bei genauerem Hinschauen als ein auf dem Parkettboden kauernder Mann zu erkennen gab. Er trug einen grauen Anzug und eine bunte Krawatte, hatte sich im Schneidersitz niedergelassen, und sein Oberkörper war nach vorne gesunken wie der Stängel einer Blume, die längere Zeit ohne Wasser und ohne Licht hatte auskommen müssen.

Unsere Aufmerksamkeit erregte der Mann schon allein deshalb, weil es sich dabei nicht gerade um eine seiner äußeren Erscheinung schmeichelnde und im Grunde auch nicht hierher ins Museum gehörende Form des Verweilens handelte. Zu Fäusten geballt, benutzte er beide Hände dazu, sich abzustützen. Die Phase des Widerstands lag also bereits hinter ihm. In meiner Vorstellung verschwand die elegante Ausgestaltung des Saals, die Gemälde in den schweren Holzrahmen zogen sich ebenso zurück wie die riesigen, verschlossenen Fenster. Der ganze Prunk machte mit einem Mal einer Szenerie Platz, in deren Zentrum eine staubige Landstraße ohne Ausgangspunkt und ohne ersichtliches Ziel verlief. Eine Mitfahrgelegenheit hatte den Mann hierher gebracht, eine weitere ließ vorläufig auf sich warten.

»Alles in Ordnung?«, erkundigte ich mich. Eine Frage, die mir, bereits während ich sie aussprach, nicht gerade passend erschien. Andererseits war ich – vielleicht eine Lehre aus unseren bisherigen Begegnungen in diesem Museum – davon überzeugt, dass es unsere Pflicht sei, zum Ausdruck zu bringen, dass wir uns um das Befinden anderer kümmerten, ohne ihnen zu nahe zu treten.

Zum einen – doch, ja – ging es mir darum, den sichtlich verzweifelten Mann daran zu erinnern, dass vorläufig noch kein Grund bestünde, sich und damit uns alle, die wir in diesen Räumlichkeiten festsaßen, aufzugeben. Vielleicht sollte sich ja ausgerechnet unsere tapfere kleine Schar als seine nächste Mitfahrgelegenheit erweisen – wenn auch wohl eher in einem übertragenen Sinn. Außerdem kam es mir so vor, als ließe sich Wanda, und zwar jene Dynamik in ihr, die zuvor bereits angedeutet hatte, dass die Grenzen ihrer Belastbarkeit allmählich erreicht wären, von dem auf dem Boden kauernden Mann inspirieren. Wahrscheinlich ging Wanda in diesem Moment ein Szenario durch den Kopf, in dessen Verlauf sie nicht länger einem von den Notfallplänen staatlicher Museen überzeugten Kerl, dessen Gefolge aus einer Handvoll Kindern auf der Suche nach einem stummen Funkgerät bestand, hinterherlaufen, sondern es vorziehen würde, sich hier neben diesen Mann, der zweifellos einmal etwas gewesen sein dürfte, zu setzen, um, seinem Vorbild folgend, die Hoffnung aufzugeben.

»Im Grunde wollte ich nur die Zeit zwischen zwei Verhandlungen nutzen und ein bisschen was für meine Bildung tun«, sagte der elegant gekleidete Mann kleinlaut, als handle es sich um ein Geständnis oder eher eine Beichte.

»Wissen Sie, sonst setze ich mich meist in ein Kaffeehaus, lese Zeitung, unterhalte mich mit einem Kollegen oder gehe auch schon mal ins Kino.«

Während er das sagte, schaute der Mann, wie uns das zuvor bei der einen oder anderen Figur auf einem der Gemälde ausgefallen war, keinen von uns an. Er schien vielmehr durch uns hindurch zu sehen. Wie ein Blinder, dachte ich, der zwar weiß, wo sich die Person, die zu ihm gesprochen hat, in etwa befindet, der auch spürt, dass noch andere Personen anwesend sind, sich aber dafür entscheidet, seinen Blick auf das Gemeinsame ihrer Anwesenheit zu richten, anstatt auf einen einzelnen unter ihnen.

»Das hätte uns in einem Kino genauso passieren können«, sagte ich, als wüsste ich mit einem Mal darüber Bescheid, was in diesem Museum in Wahrheit vor sich ging. Während ich diese Worte aussprach, ließ ich meinen Blick die Runde machen, um den Kindern zu verstehen zu geben, dass es sich dabei um so etwas wie eine therapeutische Aussage handelte, deren erhoffte Wirkung, zumindest vorläufig, keinerlei Fragen ihrerseits vertrüge, mochten diese nun berechtigt sein oder nicht. Ich hatte ganz einfach den

Eindruck, dass dem verzweifelten Mann ein paar beruhigende Worte guttäten, etwas, das der Situation, in der wir uns befanden, ein wenig von ihrer Einzigartigkeit nehmen würde. Das hatte ich – schien mir – aus unseren bisherigen Begegnungen in diesem Museum gelernt. Was mir vorschwebte, war ein Mittelmaß aus dem vorbildlichen Verhalten der dreiköpfigen Touristenfamilie, dem man nicht anmerkte, dass etwas nicht in Ordnung war – die Touristen hatten allerdings offenkundig nicht mitbekommen, dass überhaupt etwas im Gange war –, und dem Familienvater auf dem Bild Canalettos, der seine Frau und ihr gemeinsames Kind, auf einem der Plätze ihrer Stadt stehend, auf ein Detail an der Kirchenfassade hinwies, ohne eine große Sache daraus zu machen. Er befand sich inmitten einer ansehnlichen Zahl von Mitbürgern, vor denen er das, was er andeuten wollte, zwar durchaus nicht verbarg, sie jedoch ebenso wenig dazu animierte, seinen Ausführungen gemeinsam mit seiner Frau und seinem Kind zu folgen; auch mich nicht, der ich mich damit begnügte, sein Verhalten ganz grundsätzlich wahrzunehmen, und auch nicht Canaletto, der mir eben dieses, sein Verhalten, aus einer Perspektive vor Augen führte, aus der ich beim besten Willen nicht hätte erkennen können, worum es dem Mann nun genau ging. Darin begleitete mich der gemalte Winzling wiederum zurück zu der Touristenfamilie. In seinem Fingerzeig auf die Kirchenfassade konnte ich lesen, dass aus mir ein Tourist in einer mir gänzlich neuen Situation geworden war, ganz egal in welcher Stadt wir uns befanden, vielleicht ja sogar unabhängig des Jahrhunderts. Einiges davon – ich konnte mich anhand des Bildes von diesem Umstand überzeugen – würde schließlich unverändert bleiben.

Ich will gar nicht verhehlen, dass ich die Befürchtung hegte, meine Worte, mochten sie für den verzweifelt auf dem Museumsboden sitzenden Mann auch einen Hoffnungsschimmer beinhalten, könnten demoralisierende Auswirkungen auf all jene haben, die ich im selben Moment darauf hinwies, dass eine solche Aussage lediglich ihren Zweck erfüllte.

Müssten Emily, Konrad, Tessa und Iggy – von Wanda ganz zu schweigen –, würde irgendwann tatsächlich etwas geschehen, das verspräche, unsere Situation erheblich zu verbessern, nicht unweigerlich glauben, es handle sich dabei ebenfalls um nichts anderes als eine Finte, diesmal nur eben eine, die ich auf sie zugeschnitten hätte?

Von Wanda ging überdies etwas aus, das mir ohne Worte, diesmal sogar ohne Zuhilfenahme von Blicken begreiflich zu machen suchte, es sei alles andere als fair, jemanden, der sich offensichtlich dazu durchgerungen habe, loszulassen, daran zu erinnern, wie es sich den für die Besucher dieses Museums von seiner Direktion vorgesehenen Richtlinien entsprechend in einer Situation wie dieser zu verhalten, ja sogar, was es zu denken gelte. Sie schien den Verzweifelten viel eher dafür zu bewundern, dass dieser sich seiner Verzweiflung hingab, anstatt einen von vornherein zum Scheitern verurteilten Kampf gegen einen imaginären, einen unbeschreiblichen Gegner zu führen.

Was immer es war, irgendetwas hinderte Wanda vorläufig noch daran, sich neben dem Mann niederzulassen. Vielleicht wollte sie sich ihren eigenen Platz suchen, das vielsagende Bild, das er abgab, nicht stören. Schließlich würde sie, was ihre Kleidung betraf, nicht ganz einwandfrei als sein weibliches Pendant durchgehen. Wanda trug sportliche Kleidung. Zusammen würden sie also nicht so sehr zwei abgeben, die sich dazu durchgerungen hätten, niemandem mehr etwas vorzuspielen, sondern so etwas wie eine sich durch sämtliche Gesellschaftsschichten ziehende Tendenz zur Kapitulation darstellen.

Möglicherweise war Wanda von all den Bildern, die wir nun schon gemeinsam gesehen hatten und von denen wir uns nach wie vor umgeben sahen, ausgerechnet in Erinnerung geblieben, wie sich die verwirrte Frau ungefragt neben das in sich versunkene Paar gekniet hatte und in deren Gebet eingestiegen war.

»Was ist denn im Kino passiert?«, wollte der auf dem Museumsboden kauernde Mann wissen. Er erkundigte sich aus einem schwer einzuschätzenden Gleichmut heraus danach, als vermute er irgendwo in seiner Umgebung eine Antwort auf diese Frage, bezweifle jedoch, dass sie ausgerechnet ihn, obwohl er danach gefragt hatte, je erreichen würde.

Seine Neugier hatte ich also schon mal geweckt. Jetzt käme es nur noch darauf an, etwas zu erwidern, dass ihn nicht tiefer in seine Selbstaufgabe versinken ließ.

»Soweit ich mich erinnere, wollte da jemand den Helden spielen.«

»Das ist immer schlecht«, sagte der Mann eher in die Atmosphäre des Saals hinein als zu mir und schien sich prompt ein Stückchen weiter in sich zurückzuziehen.

»Helden setzen die Sicherheit der Allgemeinheit aufs Spiel.«

Auf diese Weise drohte das schiefzugehen.

»Nein, nicht wie Sie glauben, jemand fand sich in der Rolle irgendeiner Filmfigur wieder. Er verwechselte die Illusion mit der Realität und …«

Ich beschloss, nicht weiterzusprechen. So genau wusste ich auch nicht Bescheid, und es bestand fortwährend die Gefahr, dass sich eines der Kinder mit einem Kommentar zu Wort meldete, der die ganze Sache nur noch schlimmer machen würde.

Beim Gedanken an die Kinder fiel mir die Frage ein, mit welchem Charakter auf einem der Gemälde sich der auf dem Boden kauernde Mann wohl identifizieren würde. Als nähme ich Rücksicht auf seine angespannte Verfassung, fragte ich ihn das vorerst jedoch nicht persönlich, sondern sprach Konrad darauf an.

»Der einsame Wanderer auf dem Bild mit dem Waldstück«, lautete Konrads Antwort. Er hatte nicht erst lange überlegen müssen.

»Aber auf dem Bild waren doch auch andere Menschen zu sehen«, warf Iggy ein. Ob seine Schlitzohrigkeit sich damit bereits an einer Finte versuchte, wie ich sie zuvor dem verzweifelten Mann gegenüber angewandt hatte?

»Nein, bestimmt nicht«, sprang Emily Konrad zur Seite.

»Bist du dir sicher? Kann es nicht sein, dass uns die nur nicht aufgefallen sind, weil wir uns so sehr auf den im Dunklen hockenden Wanderer konzentriert haben?«

Während ich diese Fragen stellte, konnte ich förmlich spüren, wie sowohl der verzweifelte Mann als auch Wanda kurz davor standen, uns zu fragen, ob wir noch bei Trost seien. Sie taten das wahrscheinlich nur deshalb nicht, weil sie ganz genau wussten, dass sie selbst sich damit unversehens wieder auf Seiten der Vernunft einfinden würden. Ich kam meinem Ziel also allmählich näher.

»Ich glaube, er würde gerne der Architekt des Turms von Babel sein«, meinte Tessa, den Blick auf den am Boden sitzenden Mann gerichtet. Ein Vorschlag, dem wir alle unsere Zustimmung gaben.

»Er hat mitansehen müssen, wie das Bauwerk, das ihn so viel Mühe gekostet hat, in sich zusammengefallen ist«, ergänzte Iggy mit jenem ihm eigenen Einfühlungsvermögen.

Da sich der Mann mit Iggy nun erstmals einem von uns persönlich zuwandte – als wäre ein Blinder sehend geworden –, hielt ich den Augenblick für gekommen, wieder ein paar allgemeinere Worte einzustreuen.

»Hier drinnen gibt es eine ganze Reihe von Charakteren, die nur darauf warten, von einem lebenden Menschen Besitz zu ergreifen.«

»Vielleicht fühlt er sich ja auch wie der König, der den Auftrag gegeben hat, den Turm zu bauen.«

Das war Emilys Beitrag, der mir zeigte, dass sie es für wichtig hielt, ebenfalls etwas beizusteuern, obwohl ihr spontan nichts Eigenständiges einfiel. Je länger uns diese Thematik beschäftigen würde, desto empfindsamer würde ihre Mitwirkung werden. Jetzt war erstmal ich an der Reihe.

»Vielleicht fühlt er sich ja auch wie der Heilige Sebastian.«

Den Begriff *Märtyrer* ließ ich wohlweislich weg, das *Heilige* hingegen rutschte irgendwie in meine Aussage mit hinein.

»Wenn Sie meinen, dass ich mich gegen einen herkömmlichen Männlichkeitskult ausspreche, dann haben Sie gar nicht so Unrecht.«

Dass der am Boden sitzende Mann meine Mutmaßung selbstbewusst kommentierte, mich dabei anblickte und, wenn auch vielleicht nur aus Kraftlosigkeit, kein bisschen empört wirkte, änderte offenbar auch Wandas Einstellung meiner Initiative gegenüber.

»Der *Sebastian* ist ein gutes Beispiel. Wir alle hier sehen uns einer erbarmungslosen Kraft ausgeliefert, die es darauf abgesehen hat …«

»Du vergisst dabei bloß, dass Sebastian sich selbst einer solchen Kraft überantwortet hat.«

Es schien mir wichtig, Wanda in Namen der Moral unserer gesamten Gruppe an dieser Stelle zu unterbrechen.

»Oder meinst du vielleicht, wir sind hierhergekommen, um irgendjemandem etwas zu beweisen?«

»Ich bin hierhergekommen, weil es geheißen hat, wir würden nachher alle gemeinsam ins Kino gehen«, sagte Iggy.

Bei dem Wort Kino durchfuhr den am Boden kauernden Mann sichtlich ein Schauer, woraufhin ich zu ihm hinsah, eine Aufforderung, Nachsicht walten zu lassen, in meiner Miene.

»Nein«, sagte Wanda, »wir verhalten uns lediglich so, wie wir es seit jeher gewohnt sind. Irgendjemand, irgendetwas versucht uns jedoch mit aller Gewalt daran zu hindern.«

»Ein technisches Gebrechen«, warf Emily korrigierend ein, und einmal mehr wollte ich sie zu ihrer klugen Intervention beglückwünschen. Ich hatte den Eindruck, Emily spürte, dass es gut wäre, Wanda – oder wen auch immer – in diesem Moment an die technischen Probleme zu erinnern, ungeachtet des Umstands, dass etwas in Emily vielleicht ebenfalls bereits daran zweifelte, ob solche Probleme tatsächlich für unsere Situation verantwortlich waren. In ihrer Unsicherheit nahm Emily bei dem Umstand Zuflucht, dass sie nach wie vor nicht wirklich wusste, was sie sich unter technischen Problemen vorzustellen habe. Als wende sie sich im Fall von Orientierungslosigkeit ganz einfach an die letzte ihr bekannte Adresse, erinnere sich, ohne etwas Bestimmtes gesehen zu haben, an jedes Detail, mochte es ihr im Augenblick auch noch so unwichtig vorkommen.

»Richtig«, unterstützte ich Emilys Einwand, »das ist der Wissensstand, auf dem wir uns befinden. Alles andere ist Spekulation.«

Bei diesen Worten kam ich mir vor wie ein Politiker, der seine Wähler mit Binsenweisheiten abspeist. Ich log auch wie ein Politiker, hatte ich doch bei meinem Blick aus dem Fenster bereits deutlich mehr in Erfahrung gebracht.

Übrigens fand ich es merkwürdig, dass sonst niemand – Iggy, Wanda, die vernünftige Emily – auf die Idee kam, einen vergleichbaren Blick zu riskieren. Es könnte jedoch auch sein, dass ich hinter einer solchen, einer vermeintlichen Merkwürdigkeit, die ich an den anderen diagnostizierte, nur mein schlechtes Gewissen zu verbergen trachtete, weil ich der Gruppe immer noch vorenthielt, was ich gesehen hatte.

Befürchteten sie – insbesondere Wanda –, sich, verbunden mit einer solchen Kontrolle, unter Umständen von etwas zu überzeugen, bei dem es sich vorläufig immerhin nur um eine Befürchtung handelte? Etwa weil sich – so komisch das klingen mochte – die Hoffnung angesichts einer Befürchtung bedenkenloser aufgeben ließe als in Anbetracht einer Gewissheit? Bekanntlich setzt das Bewusstsein, mit dem Rücken zur Wand zu stehen, zumindest bei manchen Menschen Kräfte frei, auf die sie ansonsten unmöglich zurückgreifen können. Es kommt dann sogar vor, dass diese Kräfte für bestimmte Zeit das Kommando übernehmen, während die bewusste Entscheidung, aufzugeben, eher Situationen vorbehalten bleibt, in denen die Zukunft düster aussieht, diese Düsternis aber eben noch nicht im Jetzt angekommen ist. Zumeist handelt es sich dabei um den Wunsch, einem Ereignis, das unweigerlich bevorsteht, zu entgehen, seltener, etwas zu beenden.

Dann musste ich mich daran erinnern, dass mir der Blick auf den Platz vor dem Museum nur möglich gewesen war, weil ein Segment des Fensterladens offen gestanden hatte. Aus eigenem Antrieb hätte wohl auch ich ihn nicht aufgemacht. Ob das, fragte ich mich, an den unzähligen Ausblicken lag, von denen wir uns hier drin umgeben sahen?

»Mich erinnert unser Freund hier an eines der *Kinderspiele*«, sagte ich, und beinahe gleichzeitig fiel mir ein, dass weder der Ritter noch der Flöte spielende Kavalier dafür infrage kämen. Es sei denn einige Zeit nach den auf den jeweiligen Gemälden dargestellten Augenblicken voller Glückseligkeit und bevorstehender Hingabe. Sobald sich die leicht bekleidete Frau aus dem Staub gemacht und die beiden Männer mit je einem gebrochenen Herzen zurückgelassen hätte. Dieser humorvolle Gedanke gab mir Kraft, und ich fragte mich, ob es mir nicht auch gelingen könnte, unsere ganze Gruppe inklusive Wanda und den Verzweifelten mit Hilfe einer witzigen Bemerkung auf andere Gedanken zu bringen.

»An den, der sich verknotet«, beeilte sich Iggy anzumerken und fügte hinzu: »Neben dem, der einen Kopfstand macht und einem, der einen Purzelbaum schlägt.«

Iggy brachte damit zum Ausdruck, dass er das Gemälde mit den *Kinderspielen* besonders gut im Kopf behalten hatte. Nach und nach stellte sich die Erinnerung auch bei den anderen Kindern ein, was sich bei jedem einzelnen von ihnen in einem Stirnrunzeln äußerte, das sich alsbald in ein strahlendes Lächeln verwandelte. Nur Wandas Miene blieb wie versteinert, besorgt, ob unser kindisches Getue all das, was uns ohnedies bereits drohte, nicht noch schlimmer machen würde.

Den auf dem Boden sitzenden Mann hatte unser Abschweifen immerhin ein wenig durcheinandergebracht, wodurch gewährleistet schien, dass er sich zumindest nicht länger ausschließlich im Dialog mit einer Aussichtslosigkeit befand. Für mich war damit außerdem klargestellt, dass es dem Mann nun nicht mehr gelingen würde, uns mit seiner Hoffnungslosigkeit anzustecken. Selbst Wanda würde von nun an dem Sog seiner Abwärtsspirale widerstehen. Die Lichtblicke, die wir ihm mit unserem absurden Verhalten entlockten, hatten Wandas totale Verdunkelung vorerst ruiniert.

Blieb also nur die Frage, ob wir uns darauf verstünden, den auf dem Boden sitzenden Mann aus seiner Niedergeschlagenheit herauszuholen. Der von Iggy erwähnte Purzelbaum schien mir – der ich alles andere als ein Psychologe bin – einer spontanen Eingebung folgend ein adäquates Mittel, um sich selbst oder einen anderen aus jenem Zustand, in dem der gelegentliche Kinobesucher sich augenblicklich befand, herauszumanövrieren.

»Vielleicht sollten wir alle einen Purzelbaum schlagen oder einen Kopfstand machen?«

»Ich kann ein Rad schlagen«, sagte Emily und führte uns das auch gleich vor, indem sie sich mit beiden Händen auf dem Parkett des Museumsbodens abstützte – ganz anders als der verzweifelte Mann eben noch mit seinen Fäusten – und ihre Beine im Grunde nur kurz anhob, durchstreckte und gleich darauf wieder aufsetzte. Was sie Rad nannte, bestand offenbar darin, dass sie sich mit dem einen Fuß abstieß und mit dem anderen den Boden als erstes wieder berührte. Die anderen Kinder waren viel zu sehr mit eigenen Beiträgen beschäftigt, um Emilys Übung zu kommentieren (*Das habe ich in deinem Alter aber besser gekonnt*, hätte ich gerne gesagt, wäre ich ein Kind gewesen, allerdings hätte es in diesem Fall den Altersunterschied zwischen Emily und mir ja gar nicht gegeben).

»So geht verknoten«, sagte Iggy und hatte seine Arme und Beine da bereits ineinander verschlungen. Konrad lachte. Tessa stellte sich auf ein Bein, streckte das andere der Länge nach aus und breitete beide Arme nach je einer Seite hin aus. Im Gegensatz zu den restlichen Kindern war ihrem Bewegungsablauf eine ursprüngliche Eleganz eingeschrieben, die sie in meinen Augen unverzüglich in eine über den zu Eis gewordenen Museumsboden gleitende Eiskunstläuferin verwandelte. Ohne weitere Erklärungen streckte ich dem Mann meine Hand entgegen, um ihm aufzuhelfen wie einem Gegner, der in der Hitze des sportlichen Gefechts das Gleichgewicht verloren hat.

Tatsächlich griff er auch danach und ließ sich von mir hochziehen, wobei sich die Kraft, mit der er nachhalf, eher bescheiden ausnahm. Etwas in ihm schien bereit, sich mir zu übergeben, über seinen eigenen Beitrag dazu war er sich hingegen noch nicht ganz im Klaren.

»Ich mache erst einmal ein paar Schritte.«

Erneut waren es die Kinder, die ihn, einfach indem sie ihn erwartungsvoll anblickten, dazu brachten, sich unserem sonderbaren Ritual anzuschließen. Wandas Miene spiegelte die ganze Zeit über einen Zweikampf wider. Warum um alles in der Welt wir diesen bedauernswerten Mann aus seiner stillen Bereitschaft, sich einem unausweichlichen Schicksal zu überlassen, geholt hatten, rang in ihren Gesichtszügen mit der Einsicht, dass ich und die Kinder es ganz ohne ihre Mithilfe geschafft hatten, jemandem neuen Mut einzuflößen, der sich schließlich noch als nützlich erweisen könnte – und sei es auch nur für ihn selbst.

Nachdem seine ersten paar Schritte einigermaßen wacklig ausgefallen waren, lehnte sich der Mann an eines der schmalen Fensterbretter, beugte seinen Oberkörper erneut nach vorn und stützte sich mit beiden Händen oberhalb seiner Knie ab. Dabei schien es sich um eine Körperhaltung zu handeln, die jener am Boden stets entweder unmittelbar vorausging oder hinterherfolgte. Außerdem fiel mir auf, dass er mit dem Rücken zum Fenster Aufstellung genommen und sich damit ganz automatisch von einem potenziellen Ausblick ab- und dem Inneren des Schausaals zugewandt hatte.

»Ihr meint also, dass uns eines der Bilder weiterhelfen wird«, sagte der Mann und ließ kaum Zweifel daran, dass er das für einen Irrglauben hielt. Plötzlich hatte es den Anschein, er habe sich, wenn auch mit meiner Hilfe, lediglich erhoben, um uns quasi auf Augenhöhe – die Kinder überragte er jetzt natürlich; was Wanda betraf, hätte er nicht erst aufzustehen brauchen – zu erklären, warum es das Beste wäre, sich auf den Boden zu kauern und abzuwarten. Ich musste an einen Vogel denken, der auf dem Erdboden landet, allerdings nicht, weil er beschlossen hat, fortan auf diesem zu bleiben, sondern um zu zeigen, dass er das sehr wohl noch beherrscht, sich hin und wieder jedoch bloß aus dem Grund dazu hinreißen lässt, um sich davon zu überzeugen, dass er in den Lüften besser aufgehoben sei. Wer ein paar Schritte dieses Vogels aufmerksam verfolgt, wird diese Entscheidung auch keinen Moment lang infrage stellen.

»Bei diesen Bildern handelt es sich nicht um Ausschnitte aus Filmen. Film gab es damals noch nicht. Sie sind eher so etwas wie Schnappschuss-Fotos von Ereignissen, die irgendwann einmal stattgefunden haben.«

Iggys intuitive Logik versetzte mich und mit mir wohl alle, die in der Lage waren, seinen Gedankengang nachzuvollziehen, in Erstaunen.

»Aber genau das regt die Vorstellungskraft eines Betrachters doch umso mehr an.«

Jetzt hatte ich mich auf Iggys Augenhöhe begeben, das heißt, eigentlich war ich ihm überraschenderweise auf jener Augenhöhe begegnet, die ich für die meine hielt.

»Der Film ist irgendwann zu Ende. Während wir zuschauen, erledigt er alles für uns. Meist sogar mehr, als uns bewusst ist. Einem dieser gemalten Bilder hingegen ist es vorbehalten, einen Gedankengang bei uns auszulösen. Wir kümmern uns um den Rest, ergänzen die Malerei um das, was auf der Leinwand nicht zu sehen ist.«

Ich dachte gleichzeitig an die elegant gekleidete Judith, die dem bärtigen Mann mit ihrem riesigen Schwert – vielleicht gehörte das Schwert ja sogar ihm – den Kopf abgeschlagen hatte, und an mich selbst in der Ritterrüstung, eine leicht bekleidete Frau bezirzend, die mir bald darauf das Herz brechen würde.

»Das trifft natürlich nicht auf jedes Gemälde zu. Anders gesagt, gelingt uns das nicht mit jedem Gemälde, was entweder an uns selbst oder an demjenigen, der das Bild gemalt hat, liegt. Falls es jedoch klappt, stellen wir uns vor, was als nächstes passieren wird oder was vorher gerade war. Wir verleihen den Figuren Stimmen, haben den Eindruck, einem Gespräch zwischen ihnen beizuwohnen, meinen zu wissen, ob es währenddessen kalt war oder warm. Im Gegensatz zum Film hört das Bild ja nicht auf.«

Während ich auf Iggys Reaktion wartete oder auch auf die von einem der anderen, fragte ich mich, ob wohl viele derart aufschlussreiche Unterhaltungen allein dem Umstand zu verdanken waren, dass Menschen einander von etwas Unangenehmem, von dem sie befürchteten, es stünde ihnen bevor, ablenken wollten, oder ob sich etwa – betrachtet man den Tod als eine entsprechende Unannehmlichkeit – nicht eigentlich jede tiefergehende Unterhaltung auf eine solche Ausgangssituation berufen konnte.

»Was würde denn zum Beispiel die Frau da auf dem Bild sagen, wenn sie eine Stimme hätte, die wir hören könnten?«

Tessa hatte die Pose einer Eiskunstläuferin aufgegeben und zeigte auf ein Gemälde, dessen rechte Bildhälfte zur Gänze von einer wenn überhaupt, dann erneut nur sehr spärlich bekleideten jungen Frau eingenommen wurde, bei der es sich, nicht allein was die Bekleidung betraf, um eine Schwester des Burgfräuleins und des Hirtenmädchens hätte handeln können. Dabei war nicht einmal der Maler – Tintoretto – derselbe.

Im Gegensatz zu den Frauen auf den beiden anderen Bildern, die im Begriff waren, sich ihren Kavalieren hinzugeben, nahm diese, die – ein tatsächlicher Unterschied – auffallend viel Schmuck trug (»Sie ist ja auch reich verheiratet«, würde die gebildete Wanda uns später anvertrauen), offensichtlich ein Bad und hatte sich dafür ein steinernes Becken in einer Parklandschaft ausgesucht.

»Wahrscheinlich singt sie ganz einfach vor sich hin, wie es viele beim Baden machen«, meinte Iggy und begann loszukreischen, wobei er allerdings so tat, als befände sich ein Mikrofon in seiner zur Faust geballten Hand, in das er all seine Leidenschaft zu brüllen trachtete. Es sah eher aus, als versuche Iggy etwas Winzigem, das er in seiner Hand gefangen hielt, einen gehörigen Schrecken einzujagen. Ich musste unweigerlich an uns in diesem riesigen Museum denken.

»Schau nicht so blöd«, sagte Emily.

»Wie bitte?«, wollte der am Fensterbrett lehnende Mann wissen, wohl deshalb, weil er sich von diesen Worten angesprochen fühlte.

»Nicht Sie«, schaltete sich Wanda, die begriffen hatte, worauf Emily hinauswollte, ein, »die Frau, übrigens Susanna, sagt das vielleicht zu einem der beiden Männer, die ihr verbotenerweise beim Baden zuschauen.«

Um ehrlich zu sein, war ich erst jetzt, dank dieses Hinweises, imstande, richtig zu lesen, was ich die ganze Zeit über bereits vor Augen gehabt hatte, dass nämlich zwei ältere Männer – einer davon, ein vor lauter Scheinheiligkeit gebückter Glatzkopf, im Vordergrund und damit sogar näher bei uns als Susanna – aus nicht gerade sorgfältig gewählten Verstecken heraus auf die kaum bekleidete junge Frau starrten. Der zweite war weiter hinten, also *oben* auszumachen und sah dem *vorne*, und damit am unteren Bildrand, zum Verwechseln ähnlich. Er hatte lediglich mehr Haare auf dem Kopf, wohl um die beiden auseinanderhalten zu können und einen Betrachter nicht auf die Idee zu bringen, das Gemälde stelle dar, wie ein und derselbe Voyeur aus dem Bildhintergrund nach vorne gekrochen käme – gleichsam auf uns zu.

Nein, vielmehr hätte man glauben können, die Ekstase, die den beiden Greisen ihre heimlichen Blicke verschafften, hätte sie leichtsinnig werden und teilweise aus ihren Schlupfwinkeln treten lassen.

Schon seltsam, dachte ich mir, sämtliche alten Männer schienen einander damals – darin den jungen Frauen vergleichbar – zum Verwechseln ähnlich gesehen zu haben. Und wieder wusste ich selbst nicht recht, ob ich mit *damals* jene Epoche meinte, in der das Bild entstanden war, das 16. Jahrhundert, oder die Zeit, in der die dargestellte Szene sich zugetragen haben dürfte – das biblische Zeitalter. Ich musste an meine schlauen Sätze von zuvor denken, was aber nichts daran änderte, dass neuerlich etwas Fröhliches unter uns Einzug hielt. Den Kindern gefiel, nehme ich an, der Gedanke an einen Blick auf die Nacktheit der Badenden, wobei ich den Eindruck hatte, zumindest Konrad wäre es lieber gewesen, hätte es sich bei den Voyeuren nicht unbedingt um alte Männer gehandelt. Mir gefiel – ähnlich wie Iggy angesichts des Turmbaus zu Babel – die in derart viel künstlerische Virtuosität verpackte menschliche Schwäche. Der Mann am Fensterbrett war angesichts dieses Bildes sozusagen wieder unter den Lebenden angekommen (»Ach so, ich dachte schon, *ich* schaue so blöd«).

»Ich glaube, sie sagt gar nichts, und auch die beiden betagten Spitzbuben werden sich hüten, etwas von sich zu geben. Bestenfalls der Vogel oberhalb von Susannas Kopf zwitschert sein Liedchen.«

Diese Feststellung war mir ein Anliegen, erinnerte mich das Bild jetzt, da mir erklärt worden war, was es zeigte, doch daran, dass ich mir ebenfalls einen verbotenen Blick geleistet hatte und mich aus Gründen, die mir allmählich selbst nicht mehr zur Gänze verständlich waren, nach wie vor davor hütete, etwas darüber zu sagen. Den

Vogel hingegen meinte ich tatsächlich in meinem Kopf singen zu hören.

»Anzunehmen, immerhin handelt es sich um die geschwätzige Elster.«

Die gute Wanda war wieder bei ihrem unsäglichen Geschwafel angelangt.

»Dann wird auf Gemälden also gar nicht gesprochen?«

Iggy hatte aufgehört, in seine Faust zu singen und klang vergleichsweise erstaunt.

»Aber natürlich, jedes Bild erzählt uns seine Geschichte«, versuchte Wanda ihn zu beruhigen.

Einen Moment lang sah ich mich in der Ritterrüstung mit ausgestrecktem Arm, Wandas Kopf in meiner Hand, der allen, die es hören wollten, erzählte, dass ich ihn ihr vom Körper heruntergehauen hätte.

»Wie meinst du das, ob auf den Gemälden gesprochen wird oder nicht?«, erkundigte ich mich bei Iggy, ohne auf Wandas diplomatischen Einwurf einzugehen.

»Na ja, auf Fotos ist es natürlich still, schon klar, aber auf Gemälden, vor allem auf den alten, dachte ich, unterhalten sich die Figuren miteinander.«

Der zuvor noch in Verzweiflung aufgelöste Mann, der sich mittlerweile in einen interessierten Zuhörer verwandelt hatte, stieß sich vom Fensterbrett ab und kam damit wohl endgültig unter uns an.

»Wieso sollte es zwischen Fotografien und Gemälden einen solchen Unterschied geben?«

Das Leben mit all seinen Geheimnissen und Abwegigkeiten interessierte ihn wieder.

»Fotos werden«, sagte Iggy, »in nicht einmal ganzen Sekunden aufgenommen, da bleibt gar keine Zeit, etwas zu sagen. Ein Foto hält einen Sprecher irgendwie zwischen zwei Wörtern fest. Malereien wie diese da«, Iggy zeigte auf Susanna und die beiden Alten, »dauern manchmal bis zu …«, er dachte kurz nach, »monatelang, da wird natürlich eine ganze Menge gesprochen, was dann für die, die Malerei … studiert haben, zu hören ist.«

Iggys origineller Gedanke ließ es geradezu lächerlich erscheinen, ihn auf so etwas wie eine Richtigkeit hin zu überprüfen. Offenbar kam das auch dem Mann, der sich vom Gegenstand unseres Interesses in einen gleichberechtigten Gesprächspartner verwandelt hatte, so vor. Auf alle Fälle ersparte er uns – im Gegensatz zu Wanda – jedweden Kommentar.

»Hast du das nicht irgendwann einmal studiert?«, fragte mich Wanda.

»Du meinst Kunstgeschichte? Kann sein.«

Die Kinder schien das nicht sonderlich zu interessieren. Lediglich Emily erkundigte sich geradezu höflich.

»Weißt du deswegen so viel über Bilder?«

»Eigentlich nicht.«

Dafür war mir aufgefallen, dass bei all unseren bisherigen Begegnungen in diesem Museum niemand auf die Idee gekommen war, sich namentlich vorzustellen. Weder hatten wir denjenigen, die wir getroffen hatten, gesagt wie wir heißen, noch umgekehrt. Wir hatten auch niemanden nach seinem Namen gefragt. Gerade einmal der Aufseher hatte von Iggy wissen wollen, wie sein Name lautete, um ihn in ein nicht funktionierendes, ein totes Funkgerät hineinzusagen. Wir anderen blieben namenlos, auf unsere Identität als Opfer beschränkt, als Eingesperrte, Festsitzende. Ein gegenseitiges Vorstellen hätte der Situation in diesem Museum den Charakter einer Cocktailparty verliehen. Die dreiköpfige Touristenfamilie hätte sich womöglich danach erkundigt, wo man in dieser Stadt traditionell essen könne, und um es ihnen zu zeigen, hätte ich mich glatt Canalettos Ansicht des innerstädtischen Plätzchens bedient. Die Maler waren die einzigen, die sich uns vorgestellt hatten. Als Künstler präsentierten sie sich mittels ihrer Gemälde, das Museum wiederum verriet uns auf den verschiedenen Täfelchen, unter welchen Namen man sie in der Welt der Kunst kannte, und machte uns mit einigen der Figuren vertraut, die sie uns auf ihren Bildern vor Augen führten.

Wandas Hinweis auf mein Jahrzehnte zurückliegendes Studium hatte mich einigermaßen ernüchtert. Dank ihrer Worte hatten Gedanken zu mir zurückgefunden wie jener, dass wir nicht, zumindest nicht mehr hier waren, um uns über Gemälde zu unterhalten, sondern weil man uns hier nicht hinausließ. Obwohl es sich dabei, wie gesagt, um ein Zurückholen in die Realität, auf den Boden der Tatsachen handelte, erkannte ich den dahinter verborgenen Warnschuss, dass auch meine Nerven einer gewissen Anspannung irgendwann nicht mehr standhalten würden. Die Elster oberhalb von Susannas Kopf war mittlerweile in einen Spottgesang verfallen. Danke, Wanda!

»Weißt du, Iggy, du musst dir das wie bei den Stummfilmen vorstellen. Damals war es technisch nicht möglich, Gespräche in den Film miteinzubeziehen. Sie wurden dann eben durch Gesten ersetzt und um eingeblendete, geschriebene Textpassagen ergänzt.«

»Stummfilme mag ich nicht«, entgegnete Iggy vergleichbar ernüchtert wie ich, als Wanda mich zuvor daran erinnert hatte, dass eigentlich von mir erwartet werde, die klugen Sachen zu sagen.

Dann wiederum dachte ich, wie schön es doch wäre, befänden wir uns immer noch vor dem Gemälde mit den *Vier Weltteilen* – ehe man uns auf die technischen Probleme hingewiesen hatte –, und was uns bis hierher zu Susanna und den obszönen alten Männern gebracht hätte, wäre ausschließlich auf den Konflikt, der sich zwischen einem Krokodil und einer Tigerin anbahnte, zurückzuführen.

Wie wünschenswert es doch wäre, ganz einfach aufzuwachen und der verwirrten Frau, der karierten Hose und dem Mann, der kurz zuvor noch auf dem Boden gesessen war, dabei zuzusehen, wie sie auf ihre jeweiligen Leinwände zurückkehrten, wo sie hingehörten, wo sie und die mit ihrem Aufenthalt an einem Ort, an dem sie gar nicht sein sollten, verbundene Bedrohung besser aufgehoben wären. Nämlich in den Gemälden, in den Geschichten, den Nachrichten und den Warnungen, dorthin, wo sich all das befindet, das einem selbst niemals passieren wird.

Auch bei dem eben noch so verängstigt wirkenden Mann konnte es sich schließlich um die Figur aus einem der in unserer unmittelbaren Umgebung hängenden Bilder handeln. Vielleicht war er ja einer aus der Menge, die ein paar Räume weiter immer noch ratlos oder vielleicht ja auch einfach nur überfordert jenem Geschundenen gegenüberstand, der ihr vorgeführt wurde. Oder wir hatten es in ihm mit einem Kaufmann aus einem längst vergangenen Jahrhundert zu tun, bei dem es nicht so gut gelaufen war, oder gar um einen Maler, der sich selbst porträtiert hatte, diese Entscheidung allerdings nunmehr bereute, weil seine Kollegen mit anderen, demütiger anmutenden Motiven hier vertreten waren. Oder er gehörte auf ein Bild, das ich in diesem Moment durch die offen stehende Flügeltüre hindurch im benachbarten Schausaal hängen sah. Dieses Bild zeigte einen Maler bei der Arbeit in seinem Atelier.

Man hätte beinahe glauben können, die Türe zu seinem Arbeitsraum stünde offen. Der Künstler war gerade dabei, eine junge Frau zu porträtieren, die zur Abwechslung bekleidet war – genauer gesagt war sie in ein überdimensionales blaues Laken gehüllt, das dem Maler Gelegenheit bot, seine Meisterschaft im Darstellen des Verlaufes diverser Faltenwürfe unter Beweis zu stellen – und sich in der Nähe eines Fensters in Pose geworfen hatte. Die Nähe zum

Fenster hatte sie möglicherweise wegen des Lichteinfalls gewählt, vielleicht aber auch aufgrund einer Neigung, sich dem Blick der Öffentlichkeit zu präsentieren. Unweigerlich musste ich an Susanna und die beiden Alten denken, hielt einem solchen Verdacht jedoch unverzüglich entgegen, dass schließlich der Maler die junge Frau angewiesen haben dürfte, am Fenster Aufstellung zu nehmen, ging es doch in Wahrheit gar nicht darum, *sie* zu porträtieren, sondern mit Hilfe ihrer körperlichen Erscheinung eine Allegorie darzustellen, eine vielsagende Szenerie, innerhalb der dem Individuum keinerlei Rolle zukommt. Bei der Frau handelte es sich um eine Namenlose, ein Modell, jemanden, der etwas verkörperte, wie wir, Wanda, ich und die Kinder in diesen Stunden die Opfer, die Eingeschlossenen, die Leidtragenden verkörperten. Erneut fiel mir Susanna ein, und zwar nicht nur, weil auch hinter ihrer Erscheinung auf dem entsprechenden Gemälde eine junge Frau stecken dürfte, die selbst weder eine exhibitionistische Veranlagung noch eine Neigung für ältere Männer gehegt haben dürfte, sondern lediglich ein wenig Geld gut hatte gebrauchen können, oder es gar – kaum zu glauben, nicht? – als Auszeichnung betrachtet hatte, von einem Maler wie Tintoretto auf einem Gemälde verewigt zu werden. Meiner Vorstellung nach gefiel dem Modell der Maler auf jeden Fall eher, als Susanna Interesse an den beiden Alten gehabt haben dürfte. Das rückte die jeweilige junge Frau näher zu uns, da es ja auch uns Befriedigung verschaffte, uns die Gemälde von Tintoretto oder, im Fall des Malers, dem wir da gerade bei der Arbeit zuschauten, jene von Vermeer anzuschauen.

Im Fall von Vermeers Bild standen wir, die Betrachter, quasi hinter dem an seiner Staffelei sitzenden Künstler, der sich uns demnach in einer Rückenansicht präsentierte. Der Maler, dachte ich mir, zeigt sich uns malend innerhalb seiner Malerei, er lebt über seinen Tod hinaus weiter als Bild, in dem er uns sich selbst, dieses Bild schaffend, zeigt. Allmählich galt es für mich, vorsichtig zu sein. War das zuvor ein Warnschuss gewesen, verspürte ich in Gedankenspielen wie diesen die Fingerspitzen einer Verrücktheit. Vielleicht hatte eine solche von Wanda abgelassen und versuchte nun bei mir zu landen, nachdem sich das vermeintlich schwächste Glied unserer Kette im Endeffekt als überraschend widerstandsfähig erwiesen hatte.

»Wir suchen den Aufseher mit dem Funkgerät«, sagte Emily und bewies damit einmal mehr ihr Gespür für einen günstigen Augenblick, um das Thema zu wechseln.

»Er wird uns entweder hier herausführen oder uns sagen, was es draußen Neues gibt.«

»Das ist eine hervorragende Idee«, entgegnete der Mann, der jetzt wieder erstaunlich sicher auf seinen beiden Beinen stand.

»Kommst du mit?«, wollte Konrad wissen.

»Nein, ich glaube, ich werde noch ein wenig hierbleiben«, lautete die Antwort, und ich dachte bei mir: *Richtig, du musst ja allmählich wieder zurück auf deine Leinwand*, schmunzelte zwar innerlich über diesen Kommentar, machte mir aber gleichzeitig Sorgen, weil da möglicherweise ein sich anbahnender Irrsinn in mir zu mir gesprochen hatte. Auf dem Gemälde mit dem malenden Maler waren allerhand Gegenstände abgebildet. Die Frau, die Modell stand, hielt ein Buch und eine Posaune in Händen, auf einem Tisch lagen Sachen, der Raum insgesamt war dicht möbliert, und ich begriff, dass hier jedes einzelne Objekt seine eigene Geschichte erzählte, und zwar gleichzeitig mit anderen. Als stünde eine große Zahl Betrachtender vor dem Bild, die jeweils über eine eigene Vergangenheit und Zukunft verfügten. Ein unentwirrbares System einzelner Zusammenhänge, die in dem Gemälde, auf das sie gemeinsam schauten, einem Knäuel vergleichbar, ineinanderliefen.

»Sollen wir ihm etwas von dir ausrichten?«, erkundigte sich Konrad, und in ihrer unschuldigen Liebenswürdigkeit füllte seine Frage, davon bin ich überzeugt, bei uns drei Erwachsenen ebenfalls gleichzeitig unsere allmählich zur Neige gehenden Vorräte an Durchhaltevermögen wieder ein wenig auf.

»N-nein ... ich weiß nicht ... aber später können wir ja Verbindung miteinander aufnehmen.«

»Jedenfalls wissen wir, wo wir Sie finden«, sagte ich, um die Sache abzukürzen.

Der Mann meinte wohl, hier in diesem Saal oder weiter hinten bei der karierten Hose und dem blauen Regenmantel, ich wiederum meinte, *auf deiner Leinwand, an deiner Staffelei, von der aus du uns nicht sehen kannst, weil du mit dem Rücken zu uns sitzt, während wir dich sehen und sehen, was du siehst.*

Mit diesen Worten, die uns das Gefühl geben sollten, allmählich zumindest einen Überblick darüber zu bekommen, wer sich wo in diesem Stockwerk so alles herumtrieb, machten wir uns wieder auf den Weg.

Die folgende Station unseres Streifzugs beschreibe ich am besten anhand eines Gemäldes, das wir betrachteten, während wir uns ihm näherten, über das wir sprachen, als wir gerade, ohne langsamer zu werden, daran vorbeigingen – wie ein von den Zuschauern vollzogener Kameraschwenk, dachte ich. Wir fühlten uns zu müde, um Station zu machen, zu müde, um auch nur ein weiteres Bild zu betrachten. Müde wie die Figuren auf dem Gemälde, auf die wir zugingen, an denen wir vorbeikamen und die wir schließlich, ohne ihrem Schicksal mehr als einen im Grunde auf uns selbst bezogenen Gedanken zu widmen, hinter uns ließen.

»*Ruhe auf der Flucht nach Ägypten*«, sagte ich – nichts weiter. Kein Wort über die Frau, die einem Kleinkind die Brust gab, nichts über den wie erschlagen daliegenden Mann im Hintergrund. Und niemand – keines der Kinder, keine Wanda – sah sich veranlasst, einen Kommentar abzugeben. Wir alle fühlten, wenn auch auf unterschiedliche Art, auf kindliche, auf erwachsene, auf besorgte oder auf unerschrockene Art und Weise, dass wir uns einem Ende näherten. Die einzige Kraft, die uns davon abhielt, den Zeitpunkt, an dem eine Begegnung mit diesem Ende stattfinden sollte, herbeizusehnen, wurde von der Ungewissheit darüber genährt, dass wir nicht wussten, wie ein solches Ende wohl aussehen würde.

Die Protagonisten der *Flucht nach Ägypten* waren jedenfalls die ersten, die sich nicht bemüßigt fühlten, uns vorzuführen, wo überall es besser wäre als dort, wo wir uns im Augenblick befanden. Sie schienen uns vielmehr zu zeigen, in welchem Zustand wir uns demnächst befinden, welches Bild wir selbst bald abgeben würden. Unsere Reserven an Geduld, an Disziplin und Stärke gingen unwiederbringlich zur Neige. Ein einziges Mal noch sollte einer von uns – und wer anders als Iggy wäre dafür infrage gekommen – über sich selbst hinauswachsen und uns die realen Umstände unserer Situation zumindest vorübergehend vergessen lassen, wenigstens so lange neutralisieren, wie man braucht, um sich an einem Bild satt zu sehen.

Da es sich um ein monumentales Gemälde handelte, nahm das einige Zeit in Anspruch. Da Iggy mit einem Begriff wie real wohl nicht allzu viel anzufangen gewusst hätte, dauerte es noch etwas länger. Er hatte eine andere Türe genommen und damit in meinen Augen einmal mehr angedeutet, dass sich unsere Gruppe früher oder später in sämtliche Himmelsrichtungen zerstreuen würde, was zu verhindern mich vor gewisse Schwierigkeiten stellen dürfte, fiel es mir selbst – mit einem Bein längst in der Verrücktheit watend – doch bereits schwer, einigermaßen Kurs zu halten. Wenn ich also in diesem Moment beschloss, Iggy hinterherzugehen, dann sicherlich nicht zuletzt, weil ich es als wichtig erachtete, zusammenzubleiben, mochte damit auch vorübergehend der Unberechenbarste unter uns die Führung übertragen bekommen. Etwas in mir wusste, dass Iggy von nachgerade animalischen Instinkten geleitet wurde, und vielleicht war es ja allmählich an der Zeit, uns einer derartigen Kraft zu überlassen. Anders formuliert: Niemand schien eine bessere Idee zu haben.

Als wir schließlich in einem der benachbarten Schausäle zu Iggy aufschlossen, stand er wie gebannt vor einer riesigen, hochformatigen Leinwand, deren obere Begrenzung wohl nur der unmittelbar darüber beginnende Plafond erzwungen haben konnte. Ohne seine architektonische Barriere würde die Malerei, dem ehrgeizigen Turmbauprojekt vergleichbar, wie es aussah bis in den Himmel reichen.

In diese Himmelsregion strebte der Hauptdarsteller, ein monströser Engel mit dem Gesichtsausdruck einer gelangweilten Jungfrau, der etwas mehr als die Hälfte des Bildformats einnahm und eine Reihe von schauerlichen Gesellen – ebenfalls geflügelt, allerdings eher wie Ungeziefer – in den Abgrund zwang, indem er mit der Eleganz eines Eiskunstläufers auf ihren Köpfen und Schultern zu tanzen schien. Ich musste an Tessa denken, blickte zu ihr hinüber und hatte den Eindruck, Tessa erkenne durch all seine Monstrosität hindurch etwas von sich in diesem Engel wieder.

»Seht ihr, er hat ein Laser-Schwert«, sagte Iggy in einer Lautstärke, die ganz von Ehrfurcht bestimmt wurde, nicht so sehr von dem Wunsch, von uns allen gehört zu werden.

Tatsächlich hielt der Super-Engel in seiner Rechten ein Schwert, dessen Klinge – im Gegensatz zu Judiths kaltem, makellosem Stahl – aus einem diffundierenden Material zu bestehen schien. Seine Führung züngelte, nahm keinen geradlinigen Verlauf, wie auch unser kleiner Zug allmählich Gefahr lief, auseinander zu driften. Wie es aussah, würde der Engel diese Waffe jedoch gar nicht zum Einsatz bringen müssen. Er hielt sie eher über seinem Kopf wie eine Licht spendende Fackel, während die untere Zone des Bildes – diesmal deutlich näher bei uns allen, nicht nur bei den Kindern – in unheilschwangeres Dämmerlicht getaucht war.

Am meisten beeindruckten mich die vor unerträglichem Schmerz verzerrten Grimassen der Verdammten. Offenbar ahnten sie, was ihnen bevorstand. Nun, da der Moment der Abrechnung gekommen war, bereuten sie jede einzelne Verfehlung, zu der sie sich im Verlauf ihres Abstiegs aus der hell erleuchteten oberen Etage in die finsteren Niederungen hatten hinreißen lassen. Anders als die blassen Züge der triumphierenden Lichtgestalt zeigten die Gesichter der Abtrünnigen diverse Spielarten des Jammers, des Klagens und unaussprechlicher Furcht und gaben mir darin eine Idee davon, wie die Menschen in und vor diesem Museum in den Übertragungen auf den Fernsehbildschirmen dreinschauen würden. Immer wieder eröffnete sich meinem über die Leinwand schweifenden Blick eine weitere Facette der wimmernden und ihr Leid herausbrüllenden Ungeheuer.

Emily hatte Konrad bei der Hand genommen und sich im Anschluss an einen knappen Blick auf das Bild mit dem Engel – einem Blick wie auf ein Regal im Supermarkt, gerade lange genug, um festzustellen, dass es nichts davon beinhaltet, was auf ihrem Einkaufszettel geschrieben stand – mit ihm zunächst in den hinteren Bereich dieses Schausaals und schließlich in die darangrenzenden Räumlichkeiten zurückgezogen. Für Konrad wäre eine intensivere

Auseinandersetzung mit den verschiedenen Fratzen – es kann bezweifelt werden, dass er, vor dem Bild stehend, überhaupt bis zu dem Engel hinaufgesehen hätte – im Moment möglicherweise zu viel gewesen. Ich selbst war, augenblicklich im Bann der zu ewiglicher Verdammnis Verurteilten, allzu abgelenkt gewesen, um an Konrad zu denken. Wie besessen starrte ich auf die schauerlichen Gesichter, die mich auf die Idee brachten, beim Fürsten der Finsternis handle es sich um einen kosmetischen Chirurgen, dessen Spezialgebiet in der Erstellung der Züge von Erzfeinden und Schurken liegen müsse. Der Stirn des einen entwuchsen Hörner, ein anderer hatte spitz zulaufende Ohren. Ich war überzeugt, mich in absehbarer Zeit in vergleichbarer, wütend ihre Leichtsinnigkeit beklagender Gesellschaft zu befinden. Wanda – was das betraf, bestand für mich überhaupt kein Zweifel – würde den Anfang machen, die Kinder, eines nach dem anderen in ihre Litanei einfallen. In Iggy, das wussten wir schließlich alle, wuchs ein Dämon heran. Tessa und Konrad waren noch nicht alt genug, um sämtliche diesbezüglichen Veranlagungen unwiderruflich auf den rechten Weg umgeleitet zu haben. In Wanda hatte ich es mit einer steten Wandelbarkeit zu tun, mit etwas Bipolarem, jemandem, der sich darauf verstünde, gleichzeitig je einen Schritt in einander entgegengesetzt verlaufende Richtungen zu machen, der oder die voranschritt, aber dennoch fortwährend den Abschluss bildete.

Emily war wohl die einzige von uns, die sich entschieden hatte. Sie würde keine von beiden Seiten wählen, sondern allem, was zu viel Emotionalität versprach, freiwillig aus dem Weg gehen. Und ich? Ich betrachtete den gewaltigsten Vertreter der Abtrünnigen, der nach hinten fiel, weil der Engel ihm auf den Hals trat. Dieser Tritt zwang den Verdammten zu einer Körperhaltung, die an einen Hochspringer denken ließ, der sich mit dem Rücken voran über die Latte windet. Freilich gab es, als dieses Gemälde entstand, nämlich Mitte des 17. Jahrhunderts, diese Form des Hochsprungs noch nicht. Dem Verfluchten mit den Fledermausflügeln brach einfach das Rückgrat, wie es auch mir unter dem Gewicht der monströsen himmlischen Gestalt zerbrochen wäre. Das geschah selbstverständlich nicht ohne den – wenn auch aussichtslosen – Versuch einer Gegenwehr. Im Fallen griff der Bemitleidenswerte nach etwas, das nicht mehr da war, und diese Leere korrespondierte in meinen Augen mit der Abwesenheit jeglicher Emotion in der eleganten Erscheinung des Engels. In Wahrheit versuchte die Himmelsgestalt also eher, sich einer Art Personifikation ihrer eigenen schlechten Angewohnheiten zu entledigen und trat in diesem Zusammenhang auch die häufig für Verwirrung sorgende Empfindsamkeit mit Füßen. In Zukunft würde sie nur noch leuchten, schillern und brennen.

Eingenommen von solcherart Gedanken, nahm ich nur aus dem Augenwinkel heraus wahr, dass Emily und Konrad sich nach nebenan verzogen. Erst machte ich sogar ein paar Schritte hinter ihnen her, bis ich dann sah, dass sie einen deutlich kleineren Raum, der einer Reihe von *Seestücken* gewidmet war, betreten hatten. Ihren Anblick wollte ich mir für später aufheben, um meine vom Kampf zwischen Gut und Böse erhitzte Seele ein wenig abzukühlen. Außerdem riefen mich die zur Höllenverdammnis verurteilten Geschöpfe der Nacht noch einmal zurück vor die monumentale Leinwand.

Ich weiß nicht, wie viel Zeit wir vor dem Bild mit dem riesigen Engel verbrachten. In seiner vermeintlichen Gleichgültigkeit lag so viel Erlösendes, dass sich selbst jene unter uns in seiner Obhut wähnten, die annehmen mussten, sich im Falle einer Bildwerdung unter den Verdammten wiederzufinden. Irgendwann jedoch war selbst die letzte Stimme jener Engelschöre verklungen, die ich vorübergehend in voller Lautstärke in meinem Kopf vernommen hatte.

»Das da, das gefällt mir«, hörte ich unterdessen Emily im Zimmer nebenan, offenbar an Konrad gerichtet, rufen.

Höchste Zeit, nach den beiden zu sehen. Allerhöchste Zeit, meine Leute aus ihrer kontemplativen Starre zu holen. Ich nahm meinen Blick als erster von dem monumentalen Gemälde, was mir – wider Erwarten – gar nicht so schwer fiel, und, als hätten sie tatsächlich auf einen solchen, einen ersten Schritt gewartet – Iggy war eben doch noch nicht bereit, uns längerfristig anzuführen –, schienen sich alle anderen mit mehr oder weniger Mühe aus ihrer vermeintlichen Umklammerung zu befreien. Ich weiß nicht, ob ihnen das ohne mich überhaupt gelungen wäre. Es könnte jedoch auch sein, dass nur ich mich der Darstellung vorübergehend ausgeliefert hatte, und zwar so vollkommen, dass ich mich jetzt quasi wieder in jener Normalität zurückmeldete, die der Rest von uns gar nicht verlassen hatte.

»Das sieht jedenfalls nicht so aus wie die anderen«, hörte ich Konrad sagen. »Weißt du, was es darstellt?«

»Keine Ahnung, aber das werden wir schon herausfinden.«

Kurz darauf erschien Emilys Kopf im Türrahmen, auf den wir anderen uns bereits – wie eine Gruppe Kinobesucher, die nach einer Vorstellung in Überlänge aus dem Kinosaal kommend ins Sonnenlicht taumeln – zubewegten. Keiner von uns hatte sich von dem rettenden Engel verabschiedet, irgendetwas hinderte uns, hinderte mich daran, die Verbindung zu ihm zu kappen, als verstünden es in gewissen Momenten selbst Kräfte, an deren Vorhandensein man gar nicht glaubt, eine beruhigende Wirkung auszuüben.

Vielleicht lag es ja daran, dass ich um die *Seestücke*, die uns in dem anderen Raum erwarteten, bereits Bescheid wusste, aber obwohl die Schausäle in diesem Museum in einer räumlichen Beziehung zueinander standen, die man als Flucht bezeichnen würde, hätte ich schwören können, Emilys Gesicht auftauchen zu sehen. Von unterhalb eines Spiegels, hinter einer Reflexion hervor. Obwohl sie zu uns herüberschaute, hatte ich das Gefühl, sie blicke gleichzeitig auf uns herab, von irgendwo herunter, wohin wir es erst noch schaffen mussten.

»Da seid ihr ja«, sagte Emily mit der Seelenruhe einer Großmutter, welche von den meisten Streichen der Kinder unter ihrer Aufsicht nichts mitbekommt. »Wir möchten euch etwas zeigen.«

Ich bewunderte Emily während jedes einzelnen dieser Schritte. Ich bewunderte sie für ihre Ruhe, für ihre ungetrübte Neugier und dafür, dass sie sich von dem aufgeblasenen Engel nicht hatte beeindrucken lassen. Die seelische Ausgeglichenheit des kleinen Konrad war ihr wichtiger gewesen als eine Audienz beim Vertilger allen menschlichen Ungeziefers. Lieber schaute sie sich mit dem jüngeren Buben Bilder von Schiffen auf dem offenen Meer an – in unserer Lage, fiel mir jetzt ein, eine weit optimistischere Perspektive –, als gemeinsam mit uns die Lichtgestalt zu bewundern und uns am Anblick der Verdammten zu ergötzen.

Als ich selbst den Raum mit den *Seestücken* betrat, hörte ich das Meer rauschen, ja, ich konnte sogar den Wind riechen, der die salzwassergeschwängerte Luft zu mir herübertrieb. Jedes einzelne dieser Bilder strahlte mehr Wirklichkeit aus als der Riesenschinken mit dem tanzenden Milchgesicht. Obwohl sich kein einziges Schiff auf einer der Leinwände bewegte, vernahm ich, wie der Wind ihre Segel erst knistern ließ und dann mit einem Räuspern blähte. Ich vernahm das Quietschen der zahlreichen Holzstreben ihrer Takelage.

Emily hatte mich an der Türschwelle abgeholt und begleitete mich in einen schlecht ausgeleuchteten Winkel des Raumes, in dem Konrad auf uns wartete. Ihr Anführer mochte ins Taumeln geraten sein, aber Emily reichte ihm ihre zierliche Hand, um ihn zurück an die Spitze zu führen.

»Wir haben ein interessantes Bild gefunden. Weißt du etwas darüber?«

Emily deutete auf vier kreisrunde Piktogramme, eines davon gelb, eines orange, eines blau und eines grün. In jedem befand sich ein Schattenriss, der eine oder zwei Figuren darstellte. Ganz links eine Schwangere, daneben – als begegne sie uns einige Zeit danach ein weiteres Mal – eine Frau mit einem Kleinkind (orange). Blau umfangen ein Blinder, ganz rechts ein älterer, ein etwas korpulenter Mann, dessen Stock wohl eine Gehbehinderung symbolisierte.

»Ruhe auf der Flucht nach Ägypten?«, wollte Iggy, der uns inzwischen erreicht hatte, mit reichlich Hohn in seiner Stimme wissen.

»Quatsch«, entgegnete ich mit strengem Unterton, als hätte Iggy jemanden mit seiner Aussage beleidigt. Eine gewisse Schroffheit in meiner Stimme war darauf zurückzuführen, dass Emilys Frage mich mit einem Mal wieder in die Wirklichkeit zurückgeholt und mir die Notwendigkeit einer vernünftigen Verteilung der Aufgaben und Zuständigkeiten in Erinnerung gerufen hatte.

»Das ist ein Hinweis auf Menschen, die aus den unterschiedlichsten Gründen mit der Fortbewegung Probleme haben.«

Emily schien fürs Erste zufrieden. Ich hatte allerdings den Eindruck, eher weil ich, der ich Kunstgeschichte studiert hatte, Bescheid wusste, nicht so sehr, weil eine wichtige Frage dadurch beantwortet war. Zumindest ich als Persönlichkeit hatte mich mit dieser Antwort zurückgemeldet.

»Heißt das, wir sollen an sie denken?«, erkundigte sich Konrad.

»Das sollten wir«, erwiderte ich aus purer Verlegenheit.

»Warum klebt das hier?«

Wanda stellte die eigentlich entscheidende Frage.

»Keine Ahnung, vielleicht befindet sich hier irgendwo ein …«

»Ein Aufzug?«

Wanda sprach auch dieses, das eigentlich entscheidende Wort aus.

Den Bruchteil einer Sekunde später – zu kurz, Iggy, um die Zeitspanne mit einem Wort zu füllen – tasteten wir Erwachsene die Wand um die Piktogramme herum ab. Die Kinder begannen, inspiriert durch unsere zappeligen Bewegungen, von einem Fuß auf den anderen zu steigen. Tessa tat so, als werde ihr ganzer kleiner Körper von Ameisen heimgesucht, und hob abwechselnd ihre Füßchen, als stünde sie auf einer heißen Herdplatte.

Auf den ersten Blick war keinerlei Türe, keine Öffnung, nicht einmal eine Vertiefung in der Wandverkleidung auszumachen. Tessa war es schließlich, die, einer inneren Eingebung folgend, eines der Embleme berührte, woraufhin, wie in einem billigen Abenteuerfilm – diese Assoziation war meiner im Laufe des Suchens aufgekommenen Wut geschuldet –, ein Stück Wand zurücktrat und zur Seite hin verschwand. Dieser ritualisiert anmutende Mechanismus gab – dem Verschluss einer jahrhundertelang verborgenen Schatzkammer vergleichbar – den Eingang in die Kabine eines offenbar nachträglich in dem Gebäude installierten Aufzugs frei.

Was nun folgte, rückte vieles, was sich während der letzten paar Stunden zwischen den Mitgliedern unserer kleinen

Gruppe abgespielt hatte, für mich in ein neues, altes Licht und würde sich – so viel kann ich verraten – auch, soweit es mein weiteres Leben betreffen sollte, als prägender Moment herausstellen.

Wir warteten. Ein Aufzug, der denjenigen vorbehalten war, die, um weiterzukommen, mitunter auf fremde Hilfe angewiesen waren, hatte sein Maul aufgesperrt und lud uns ein, uns ihm anzuvertrauen. Da sein Rachen auf den ersten Blick nicht erkennbar in die Wandverkleidung eingelassen war, atmete er etwas Hinterhältiges aus. Hinzu kam, dass die Wand, von der herunter uns so viele verschiedene Charaktere, Szenerien und Pinselstriche etwas erzählt hatten, uns nun aufzufordern schien, in sie einzutreten. Dann musste ich an all die unerfreulichen Überraschungen denken, vor die sich Menschen mit Problemen, was ihre Beweglichkeit betrifft, zweifellos immer wieder gestellt sehen. Ob die es sich leisten konnten, wählerisch zu sein? Andererseits: Sollten wir uns ausgerechnet einer technischen Einrichtung überlassen, die noch dazu gar nicht für uns vorgesehen war? Wie wohl die anderen darüber dachten?

Iggy fiele es sicher nicht schwer, eine körperliche Versehrtheit vorzutäuschen. Es konnte sogar als sein Hobby bezeichnet werden. Wanda würde er empfehlen, eine Schwangere zu mimen, indem sie sämtliche unserer Jacken und Pullover vor ihren Bauch stopfte. Emily, die Königin des Radschlagens, sollte ich, ginge es nach Iggy, einfach an den Fesseln ihrer Füße nehmen, während sie sich auf ihren Handballen hielt. Dieserart würden wir eine menschliche Schubkarre symbolisieren, die sich auch als Kinderwagen auslegen ließe. Zudem könnte ich meinen Kopf unter meiner Jacke verschwinden lassen, als hätte man ihn mir mitsamt meinen Augen von meinem Körper abgetrennt. Tessa empfand, dass sie freien Zugang in die Kabine hätte – immerhin hatte die Lifttüre ihr die Hand geführt. Wanda würde sich hingegen sträuben, ganz einfach weil sich die Situation auf diese Weise verkomplizieren ließe.

Wieso ich das alles wusste? Weil ich wieder zu jenem Anführer geworden war, den ich im Grunde die ganze Zeit über verkörpert hatte. Sämtliche Gedanken flossen in mir zusammen. Befürchtungen, Hoffnungen und Empfindlichkeiten konnten von mir nachvollzogen und sämtlich beim Fällen meiner Entscheidung berücksichtigt werden. Nichts davon müsste erst noch besprochen werden. Ich würde den ersten Schritt setzen, die anderen kämen mir hinterher.

Für mich selbst überraschend, erfüllte mich die Gewissheit, dass andere – die sich selbst nicht im selben Maße geeignet fühlten, eine solche Entscheidung zu treffen – mir bedingungslos folgen würden, mit einer merkwürdigen Gelassenheit. Mit einer Miene, deren Ausdruckslosigkeit an den erbarmungslosen Engel erinnert haben dürfte, betrat ich den Lift, dessen Boden prompt ein wenig nachgab, was mich und einige meiner Eingeweide veranlasste, anzunehmen, wir würden nun alle gemeinsam eine Art Höllenschlund hinabfahren, bei dem es sich – schlimm genug – wohl eher um einen Schacht innerhalb des Gebäudes handelte. Schmerzen wären in jedem Fall damit verbunden gewesen.

Als der Rest unserer Gruppe dann ebenfalls den Lift betrat, kam mir das wie ein einziger von mehreren Personen vollzogener Schritt vor, der dem meinen nacheiferte. Wieder sanken wir ein wenig ab. Ich, der ich das bereits kannte, machte eine beschwichtigende Handbewegung, die ich, ohne abzusetzen, dazu nützte, auf einen unübersehbaren Knopf zu drücken, auf dem ein Pfeil nach unten wies. Die Lifttür ging zu und die Fahrt ging los und dauerte wenige Sekunden, die mich daran denken ließen, wir würden hinuntergeschluckt und alsbald einem üblen Verdauungsmechanismus überantwortet.

Stattdessen ging die Tür der Aufzugskabine wieder auf, als wäre ein Augenlid während einer hässlichen Szene geschlossen worden, und einen gemeinsamen Schritt später standen Wanda, ich und die Kinder außerhalb des Museumsgebäudes, an einer der Seitenwände, zwischen der Straße und einer altertümlichen Umzäunung, vor der sich streng geschorene Sträucher erhoben. Ich musste an Canalettos malerische Sicht auf den barocken Garten denken, aber nur kurz, dann ging in unseren Rücken die Lifttüre wieder zu, womit uns das Gebäude endgültig uns selbst überließ. Um eine der beiden Ecken gebogen, die sich links und rechts von uns in einer einstweilen noch beruhigenden Entfernung befanden, musste sich ein Riesentumult abspielen. Tessa, die das feinste Gehör unter uns besaß, schien bereits etwas davon mitzubekommen.

»Hört Ihr das?«

»Nein«, log ich, und ich will hier gestehen, warum ich log: Als einziger von uns hatte ich ein ungefähres Bild vor Augen, was sich im Eingangsbereich des Museums so alles abspielte. Als ich später versucht habe, die zeitlichen Abläufe miteinander in Beziehung zu setzen, kam ich zu dem Schluss, dass, als wir das Museumsgebäude verließen, Hussein Y. auf dem Weg ins Krankenhaus gewesen sein müsste, wo er erst zwei Tage später eingehend zu den Vorfällen befragt werden sollte. Seine Gesichtszüge dürften in diesem Moment denen des Verdammten auf dem riesigen Gemälde geglichen haben, dem der Erzengel persönlich genau auf den Hals trat. Die Medien waren, als sich die Aufzugtüre hinter uns schloss, zweifellos gerade dabei, sämtliche Zeugen, derer sie habhaft werden konnten, zu ihrer Einschätzung der Sicherheitslage in dieser Stadt zu befragen, und die Mutter jenes Polizisten, der auf Hussein Y. geschossen hatte, machte sich in diesem Moment wahrscheinlich eine Tasse löslichen Kaffee, nachdem ihr Sohn telefonisch mit ihr in Verbindung getreten war, um ihr mitzuteilen, dass es ihm gut gehe und ihm der Rummel um ihn herum einigermaßen übertrieben vorkomme.

Ich log, um dadurch zu verhindern, dass das eine oder andere Kind – Iggy zum Beispiel – trotz Wandas und meiner dringlichen Aufforderung, hier zu bleiben, dorthin laufen würde, von wo die Geräuschkulisse allem Anschein nach ihren Ausgang nahm. Vielleicht fühlte ich mich ganz einfach zu schwach, unter diesen Umständen ein Zusammenbleiben der Gruppe zu gewährleisten. Das Gebäude hatte uns hinter all dem Trubel ausgespuckt, hinter den Kulissen, und dafür sollten wir ihm dankbar sein. Nicht auszudenken, Iggy wäre nach seinen Erfahrungen als Opfer befragt worden, ausgerechnet er, der – wie wir alle – noch nicht einmal wusste, dass man ihn und uns und die verwirrte Frau, die Touristenfamilie, die Betenden, die karierte Hose, den blauen Regenmantel und den auf dem Museumsboden sitzenden Mann aufgrund der Messerattacke eines Glaubensfanatikers und Bilderzerstörers in den Schausälen des Museums eingesperrt hatte. Nicht auszudenken, was Iggy dem Interviewer geantwortet hätte. Konrad, da bin ich mir sicher, hätte wissen wollen, was man unter einem Opfer verstehe, aber Iggy wäre wahrscheinlich zuallererst daran interessiert gewesen, um welche zwei Bilder es sich gehandelt hätte (»Wehe, er rührt das mit dem in sich zusammenbrechenden Turm an«). Die Interviewer erst hätten Iggy zu einem Opfer, zu ihrem Opfer gemacht, und durch seine, Iggys Aussage wiederum wären die Aufseher mit ihren schweigenden Funkgeräten zu Opfern geworden, hätte er doch erzählt, dass es uns gelungen sei, das Sperrgebiet einigermaßen problemlos mit dem Lift zu verlassen.

Probleme, würde Iggy berichten, hätte nur eine seiner Aufsichtspersonen – ich nämlich – gehabt, der, kurz bevor wir auf den Lift gestoßen wären, die Nerven zu flattern begonnen hätten. Stimmt.

Ein Opfer, hätten die Interviewer, ungeachtet meines und Wandas zwar unterschiedlichen, in unserer Ablehnung jedoch einträchtigen Blickes, daraufhin zu Konrad gesagt, ein Opfer sei jemand, der, ob nun bewusst oder nicht, zur Zielscheibe eines Attentäters werde. Eines Attentäters, dessen gewalttätige, dessen menschenverachtende Tat die Gesundheit, ja sogar das Leben eines völlig Unbeteiligten, seines Opfers eben, gefährde. Eine Erklärung, die Konrad, da bin ich ganz sicher, verstört zurückgelassen hätte. Und zwar nicht so sehr, weil er, Konrad, die ganze Zeit über der Meinung gewesen wäre, die Gefahr hätte darin bestanden, den grauenhaften Bildern auf ewig ausgeliefert zu bleiben – es stimmt schon, einige Bilder hatten Konrad tief beeindruckt, aber daran hätte er angesichts des Interviews in Anbetracht von Begriffen wie Opfer und Täter und Verletzung bestimmt nicht gedacht. Konrad wäre verstört gewesen, weil er in diesem Moment eine Idee davon bekommen hätte, was der Mann auf einem ganz bestimmten Bild – einem Gemälde, dessen Anblick wir ihm eigentlich hatten ersparen wollen – in einem der Schausäle dort oben im Begriff war zu tun und, so viel hatte Konrad möglicherweise von der auf Gemälden stillstehenden Zeit verstanden, nach wie vor zu tun bereit wäre.

Iggy war uns wieder einmal zuvorgekommen (»Der alte Mann schlägt dem jungen den Kopf ab«), und weder Wandas hilflos wirkender Einwand (»Siehst du denn nicht, dass da Hände von oben heruntergreifen, die sein Schwert aufhalten?«) noch Emilys geistesgegenwärtiger Versuch, Konrads Aufmerksamkeit auf den Widder im Vordergrund des Bildes zu lenken, konnten verhindern, dass einer von uns – ich weiß wirklich nicht, wer, Iggy vielleicht (»Wären wir eine Minute später gekommen, würde er uns seinen

Kopf entgegenhalten«), vielleicht aber auch ich selbst – den Titel des Gemäldes, nämlich *Opferung Isaacs*, vorlas. Der Widder, den Emily in den Mittelpunkt ihres Ablenkungsmanövers gerückt hatte (Wanda: »Diese Tiere wurden häufig aus religiösen Gründen geopfert … das heißt also, nun ja, geschlachtet und aufgegessen«), stand übrigens mit dem Rücken zu uns, schaute möglicherweise genauso fassungslos wie wir auf den Vater, der sich bereiterklärt hatte, seinen Sohn zu töten, während wir – das wäre es, was Konrad möglicherweise in diesem Moment begriffen hätte – selbst gerade zu Opfern geworden waren.

Nein, bei den Reportern und Journalistinnen, bei den Fernsehkameras und Aufnahmewagen hatten wir nichts verloren, weshalb wir auch, anstatt anderen zu erzählen, was sich da drin abgespielt habe, selbst erst zu Hause aus den Medien erfahren sollten, weshalb man uns vorübergehend nicht aus dem ersten Stock des Museums herausgelassen hatte.

Als Iggy schließlich sehr zu meiner Erleichterung, in die dem Medienrummel entgegengesetzte Richtung losstürmte – inzwischen hatten wir alle uns wieder einigermaßen orientiert – und den Rest von uns mit den Worten »Da kommt eine« aufforderte, ebenfalls Tempo aufzunehmen, befahl Wanda ihm – das nun wieder zu meinem Missfallen (die Stirn in Falten gelegt, Ober- und Unterlippe aufeinandergepresst) –, stehen zu bleiben. Emily, die erneut ein wenig mehr begriffen hatte, als zu durchschauen sie – daran gibt es für mich gar keinen Zweifel – in der Lage sein konnte, wies Wanda unverzüglich darauf hin, dass tatsächlich eine Bahn in die Station einfuhr, die wir *nehmen* könnten. Konrad war Iggys Aufforderung bereits gefolgt und bremste sich ebenfalls ein, weniger auf Wandas sinnloses Kommando hin, sondern als kopiere er das Verhalten des Älteren mit einer Verzögerung, in der sich der

Altersunterschied zwischen Iggy und ihm spiegelte. Nur Tessa war gar nicht erst losgelaufen, sondern hatte ihren Blick abgewandt und an die wirre Flugbahn einer Taube geheftet, der sie im Geiste ein Stück weit zu folgen schien.

Ganz anders als auf der Vorderseite des Museumsgebäudes präsentierten sich die Straßen dahinter weitgehend menschenleer, was mich auf den Gedanken brachte, die Architektur erhole sich von all dem Leben, das sich augenblicklich vor dem Eingang in das Museum versammelt hatte. Der rotweiße Straßenbahnzug sah inmitten dieses Standbildes aus wie der Regler auf einem Schaltpult, war Bewegung, war aber nicht Leben, erhöhte die Intensität, ohne dass jemand in unmittelbarer Umgebung etwas davon mitbekam. Ich blickte Wanda verständnislos an (Stirn in Falten gelegt, Ober- und Unterlippe nicht mehr aufeinandergepresst) und wusste doch im selben Moment, dass sie, die mich nun schon so oft missverstanden hatte, meine Miene auch diesmal falsch deuten, wenn nicht sogar übersehen würde.

Was hatte Wanda bloß vor? Was konnte so wichtig sein, dass es uns davon abhalten sollte, die vor unseren Augen in die Station einfahrende Bahn zu besteigen, um uns endlich wieder in einer Situation zu befinden, jener vergleichbar, die eine der letzten vor unserem unseligen Besuch in dem Museum gewesen war? Wir hatten uns zwar erst vor dem Museum getroffen, aber genau so eine Straßenbahn würde uns doch in ihrem gemächlichen Tempo endgültig aus der Gefahrenzone hinausbefördern.

Vielleicht wollte Wanda die Kinder erst einzeln danach befragen, ob mit ihnen alles in Ordnung sei. Oder sie gedachte selbst in die Rolle einer Interviewerin zu schlüpfen, mit dem Ziel, Emily, Konrad, Tessa und Iggy ausgerechnet jetzt klarzumachen, dass sie – was wir, Wanda, ich und die Aufseher, so gut uns das eben möglich gewesen war, die ganze Zeit über vor ihnen verborgen hatten –, dass sie von Glück sagen könnten, mit dem Leben davongekommen zu sein.

Erwartungsvoll blickten wir alle sie an, als mir plötzlich die Idee kam, Wanda könnte die Kinder daran erinnern wollen, dass sie keinesfalls davon ausgehen dürften, dass eine solche Situation unweigerlich mit jedem Besuch eines Museums verbunden wäre. Für einen solchen Hinweis hätte ich Wanda bewundert, wäre ich ihr dankbar gewesen, und meine kurz aufflammende Missgunst hätte sich im Nu in eine Beschämung angesichts meiner eigenen Engstirnigkeit verwandelt.

»Ich glaube, ich habe nicht genug Fahrscheine für jeden von uns«, sagte Wanda indes, holte ihre Geldbörse hervor und begann, was sie an Tickets bei sich hatte, aufzufächern wie ein Pokerspieler sein miserables Blatt.

»Ich besitze eine Jahreskarte«, warf ich, nur zum Schein kooperativ, ein. Einzig und allein der Gedanke, mein Fahrausweis mache mich für Wandas bemitleidenswerte Anflüge unerreichbar, verstand es, mich zu beruhigen.

»Kinder benötigen einen halben Fahrschein, das heißt dann also …«, Wanda hielt es nicht für nötig, uns über jedes Detail zu informieren, ihr reichte es völlig, dass wir wussten, sie würde sich darum kümmern, »… ansonsten ist da jedoch nur noch ein Streifen auf einer 8-Tage-Klimakarte … und eine Einzelfahrt.«

»Kinder unter 15 Jahren fahren an Sonn- und Feiertagen gratis«, kommentierte die uns alle überragende Emily Wandas Milchmädchenrechnung, und ich begriff sofort, dass Emilys redliche Seele mit dieser Information lediglich helfen und nicht etwa Wanda (»Danke mein Kind, ich wusste, auf dich ist Verlass«) den ihr gebührenden Platz – im hintersten Waggon oder gleich am Ticketschalter dieses Horrormuseums – zuweisen wollte. Außerdem begriff ich, dass, ganz egal, ob es sich heute um einen Sonn- oder Feiertag handelte, keiner von uns würde behaupten können, der Besuch dieses Museums wäre umsonst gewesen.

HANNO MILLESI

Hanno Millesi
Venusatmosphäre
Novelle

48 Seiten
Paperpack
5 Euro, E-Book: 2,99 Euro

»Die Wirklichkeit ist unüberprüfbar, also total den Vorstellungen und Befürchtungen der Erzählerin ausgeliefert bzw. den Fingern ihres wortgewandten Autors und seiner Lust, ihr hochgereiztes Bewusstsein möglichst genau und umfassend darzustellen. – Spannend ist die Geschichte auch ...«

Helmut Gollner, Literatur und Kritik

Hanno Millesi führt virtuos die Konsequenzen einer verlorenen Nacht vor. Und hält eine faustdicke Überraschung bereit.

Sämtliche im Text vorkommenden Gemälde sind Teil der Sammlung des Kunsthistorischen Museums Wien.

Erste Auflage

www.editionatelier.at
Cover: Jorghi Poll
Satz: Sarah Legler
ISBN 978-3-903005-37-2
E-Book ISBN 978-3-903005-71-6

Mit freundlicher Unterstützung der Kunstförderung des Bundeskanzleramtes Österreich und des Literaturreferats der Stadt Wien, MA7